いのちの種

武藤富美短歌集

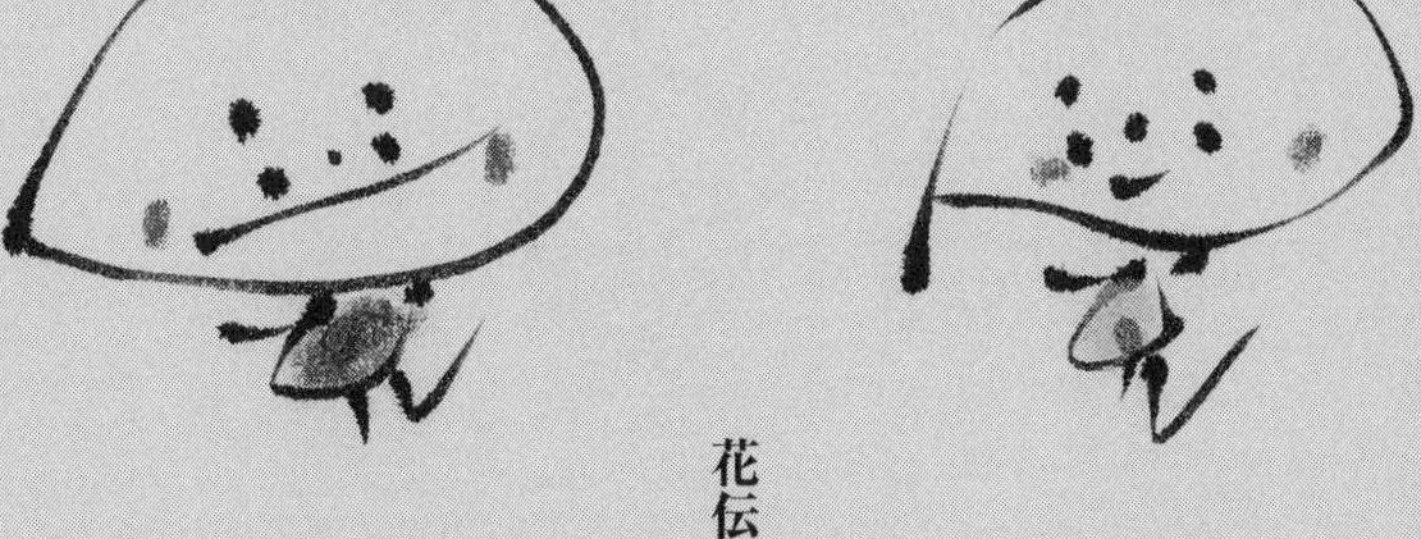

花伝社

一皿の料理に
いのちの種宿して

序

このたび武藤富美さんが歌集『いのちの種』をお出しになることになりました。まことにお目出度く、嬉しいことです。われわれの出す歌集は、いわゆる「世に問う」という類のものでなく、自分が歩んできた足跡を歌に綴って生きの証として残そうとするものです。

武藤さんは平成十八年に「あけび」短歌会に入会されました。「あけび」は大正十年以来の永い歴史を持ち、東京に本部のある短歌会ですが、入会後は福岡歌会で中村浩理先生の指導を受けておられ、先生がお亡くなった後は、福岡歌会のお仲間とそれぞれ勉強しつつ歌を詠みつづけて来られました。その間の十五年にわたる詠草はパソコンの中に書き溜めてあり、それらが散逸しないようにこの機会に纏めておこうと、このような歌集にされました。この歌集を読み進むと、武藤さんが生きてこられた長い年々の足跡が臨場感よく綴られており、歌を人生の楽しみにされていることが生き生きと伝わってきます。

歌の情熱は、何と言っても、ご主人や四人のお子などのご家族、ご両親や兄弟姉妹などに、さらに出生地山形県の酒田、勉学の地の青森などのふるさとに、熱く注がれています。当然ながらこれらの家族やふるさとを詠まれた歌が最も多くなっており、心を打つ歌が数多くあります。

次に感心するのは、作者の目に触れる身辺のものに新たな発見と感動を見出し、それを歌に詠んでおられることです。これは歌の基本としては大切なことであり、例えば、箸、皿、靴、ふとん、おやつ、芋、自転車、足、耳、下駄、着物、餅、大根、靴下等など題材にした八首詠があるが、それぞれに新しい発見があり、読者の共感を呼ぶものとなっており、この歌集の特長にもなっています。

歌への情熱は以上に止まらず、同じ言葉を月々の八首詠に織り込んだ、特長ある詠草を多く詠まれています。この詠み方は古くからの詠法で今ではかなり珍しいものとなっておりますが、武藤さんはこれにチャレンジしておられます。例えば、ふとみれば、一生もん、思ひがけずに、これでよし、ばんざい、なんてことないさ、などを八首詠の各歌に織り込んだものです。

この歌集の中から、特に心に残る歌を抜き書きさせていただきました。

乳含む吾児の瞳に我が姿映れば愛し腕に抱きしむ
ライスカレーまだかまだかと四人の子まとひつくとき至福といはむ
ママと呼びかあさんになりおふくろと勲章さげてゆたに老いゆく
もろもろの欲を脱ぎ捨て身も軽く天女となりて老いをむかへむ
おはようとさりげなく言うあけくれに家族の絆育ちゆくかも
朝夕に笑顔にまさる化粧なし心ひそかに想ひて暮らす
あれこれと言葉出ぬ日の多くなり己の老いを笑みで補ふ
「パパママに秘密にしてね」と小指だし約束迫る孫のひめごと
靴下を夜なべで繕う母の背は戦後暮らしの母の写し絵
息子の問ひに「富美さんと出逢ひ大満足」酔ひの勢ひ夫の一言
教え子がいつのまにやら友となり人生語り支え会ふ日々
ふるさとに帰れば媼の我を見て「ふみちゃん」と呼ぶ幼友の声する
佛飯にアンパンマンのふりかけをかける孫見て一日始まる
九人の子育てし農婦の母想ふ四人の子育てなんてことないさ
「ただいま」と帰るは親の居るうちよ待ってる人が居る内が花

このたびはとてもよい歌集を纏められました。今後もいよいよ歌作に努められ、ますますの佳吟を残されんことを祈ってやみません。

あけび歌会　選者　　小笠原嗣朗

いのちの種　武藤富美短歌集　◆目次

序――小笠原嗣朗　1
第Ⅰ部　武藤富美短歌『あけび』誌より　7
第Ⅱ部　こどもの戦争体験記　181
あとがき　231
武藤富美（旧姓石黒）年譜　234

第Ⅰ部　武藤富美短歌　『あけび』誌より

カナダの旅

海原《うなばら》のごとく咲きたるたんぽぽよカナダの空は広くさわやか

カナダの旅教会見れば開拓期のたつき切なくおもほゆるかも

「ふるさとは遠きにありて思ふもの」フランス風のケベックの夕べ

空港に四種類もある車椅子カナダの国は人にやさしき

父母の老いを知るとき日本は遠しと語るガイドのつぶやき

平成十八年八月号 71歳

アメリカ・カナダの旅

足早に足下見据え急ぎ行くニューヨークの人ら笑《え》みの少なき

国力のみなぎる力溢れいでたじろぐ思いのメトロポリタン

平成十八年九月号

ライラック香るカナダの旅ごころ札幌の兄想《いろせ》うはるかに
ガイドする外国青年の笑まひはもそのかの父母の祈り顕《た》ち来も
白銀の氷河に立てば空青くロッキーの裾野雲ゆたに流る
植物の生えざる地には動物も住めぬ氷河に湧水の音
子の笑まいこぼるるカナダの旅路かな瞳交《か》わせば言葉なくとも
沢庵を噛《は》む音懐かし笑《え》らぎつつ団居すパンフの夕餉楽しも

カナダ修道院の旅

ナイアガラ花火眺めつ師の教え友と語らいつくることなし
日も月も忘るるほどの緑かなカナダの旅の木々の芽吹きよ
さりげなく「はるかな尾瀬」を奏《かな》でつつ迎えたまひし聖堂の部屋
きびしくも我を鍛えし先生は腕《かいな》あづけてゆるらに歩む
はるばるとカナダに在りてささぐミサ溢るる涙師も友もみな
カナダの旅秋冬重ね新緑の窓辺に寄れば木の葉のゆるる

平成十八年十月号

ケベックの川辺に朝日輝きてうからの夕餉おもひつつ祈《ね》ぐ
青い雪青い水あり青い空神の出逢いぞロッキーを行く

みちのくの古里を訪ねて

みちのくの鳥海山は神さびて雪国がにも厳《こご》しかりけり
ふきしまく寒風のなかたなごころ温《ぬく》めて愛兄《いろせ》の足もむ我は
古里は雪国なれどしかすがに櫻水仙咲き匂ふ国
「ばっちゃ」と心おきなく問い給う医師《くすし》の言葉の温《ぬく》きかなや
こころして兄《いろせ》を看とる甥夫婦その背に後光さすがに覚ゆ
筍を粕と鰊で煮含める料理懐かし母の味すも
兄妹も年齢《よわい》かさねてたらちねの面影映し見送りにけり
相ひ離《さか》り今ひとたびの会う日がもかたみに手をふり別れきにけり

平成十八年十一月号

吾兄逝く

平成十八年十二月号

むらぎものこころもとなしせわしなく吾兄《あせ》の葬儀に出で立むとす
医師としてあまたの人を看とりし手息は組みあわすその細き手を
旅立ちの白き脚絆を結ぶとき肉《しし》の冷たさに吾兄の死を知る
逝く兄は手を振るごとく悠々と煙となりて天空《てんくう》に舞ふ
まだ温き骨箱胸に抱きしめて義姉《あね》眼をつぶり語り合うがに
もの言わぬ仏となりし吾兄なりき灯籠かかげ「おかえり」を待つ
冥土にて父母に逢いしかと想いつつ夜半に目覚めて虫の音を聞く
父母よりも齢《よわい》長けにし七十年吾兄見送れば秋風寒し

子育て

はじめての胎動ありし朝なればコスモス活けて朝餉《あさげ》につきぬ
乳含《ふふ》む吾児《あこ》の瞳に我が姿映れば愛し腕《かいな》に抱きしむ
ピカピカの一年生の吾児《あこ》まぶしはりきる我も新米の母《おも》
笑顔にてお帰りという母なれよと自戒めて一日すごせり
ライスカレーまだかまだかと四人の子まとひつくとき至福といわむ
床の間の前に正座し合格を父に告げいる子のまぶしくて
子の門出親の卒業と下想いエプロン引き締め朝餉《あさげ》にむかう
ママと呼びかあさんになりおふくろと勲章さげてゆたに老いゆく

平成十九年一月号

老いをむかえて

平成十九年二月号

さりげなく道ばたに咲く草花にしゃがみこみてぞもの言いかくる
もろもろの欲を脱ぎ捨て身も軽く天女となりて老いをむかへむ
祈るらく寝てもさめてもひたすらにそを知る時しおだしく老いむ
あなうれし蜻蛉《あきつ》飛び交うそれさえもゆたり眺めて秋の日に老ゆ
肉よりも魚野菜と献立を変えてゆるりと老いの身支度
老いてなほ教えたまいしたらちねの言葉の節々《ふしぶし》おもほゆるかも
母なればわが母なれば戦時下にいのちをかけても守りたまひし
戦争を語る世代に生きし身は老いてこそなほむごさ伝えむ

平成十九年三月号

結婚

雨の日は雨を楽しみ晴れの日は晴れを楽しむと決意し嫁ぐ
我が契娘《ちぎりこ》の結婚と繫がりて命の繫がりひた思ひおり
花束を贈り互みに燃え熾《さか》る命の印と結ばれしかな
語り合い楽しく暮らす日日ありて育ち行くなり結婚といふは

我を忘れ子や夫《つま》の顔想ひつつ夕餉の買い物足早にする
耐え忍び感謝を込めて話し合う生活《たつき》のありて楽しきかなや
娘のお産気遣いつつも送る日や母の気苦労想いぬるかも
おはようとさりげなく言うあけくれに家族の絆《きずな》育ちゆくかも

大津留温先生の歌会召人を祝して

師の君の召人の歌晴れやかに正座し我も粛々と聞く

平成十九年四月号

花

幼き日蓮華《れんげ》畑にまろび伏し高鳴く雲雀仰ぎ見しかな
一夜花稲の花咲《さ》く今朝のあさ話題にしつつ朝餉にぎはふ
川の面《も》に蒲公英《たんぽぽ》縮れ浮かびたる見つつ遊びぬ母若くして
幸くさのクローバの花索《と》めにつつもとほりし日を思ひぬるかな

毒花を綴るがに咲く曼珠沙華一むら燃えて秋の陽つよし
つづらおり岩木山路を登るとて竜胆見たり若きわれはも
花の歌声高らかに唄うとき友らの頬の華やぎて見ゆ
幼子を亡くせし母は盆に咲く花育て持ち墓参急ぎぬ

あいさつ

おはようといただきますとおやすみと声かけあって家族産まるる
通学路ふと声をだしあいさつし頬そめあひし君も初老か
ただいまと帰りたる家主《ぬし》今は亡く静かに開けてこんにちはと訪ふ
元気良い小学生のあいさつは今日の活力感謝湧く時
両膝に手を打ち揃え挨拶す幼児愛《いと》しや笑みのこぼれて
こだはりの思いを胸に抱きかかえあいさつひとつ出来ぬ切《せつ》なさ
目元見てあいさつをする若人に我が心まで清かに満つ
嫁ぎ来て住みし九州も四十年東北弁より博多ことばに

平成十九年五月号

白き飯《いひ》

復員の息《こ》に食《は》ましける白き飯母の想いに手を合わせけり
母ははも物資不足の世に在りて九人の児をば育てあげけり
村中が総出の田植えの昼餉どきおにぎりの味噛みしめにつつ
初めての一匙の飯《いひ》食む吾児《あこ》に噛み砕きおり母なる吾も
笑い声立てつつ睦む宴《えん》なれや白き飯はも輝きにけり
誘われて食事楽しむ団欒のそのひとときをとわに思はむ
白き飯手に隠しつつ戦時下の幼き日々の昼餉忘れじ
あかあかと飯《いひ》炊く焚き火の母の顔温《ぬく》き瞳に子ら寄り添ひつ

平成十九年六月号　72歳

海軍兵学校七十八期同期会参加

平成十九年七月号

やあと声かけあふ度に我が愛兄《いろせ》少年の瞳《め》に還りゆくなり
十歳で十五の愛兄《いろせ》見送る日母の涙を我は忘れじ
ふるさとの駅を離るる列車にて滂沱の涙今語る兄
死を覚悟国を守ると集いし身復興誓い全国に散る
親業《おやぎょう》も夫業《おっとぎょう》も卒業し今おだやかに友と語らふ
死を共に学びし絆《きずな》忘れじと語りあふ友みな七十八歳
遺影みなあどけなき顔せつなくて今宵の櫻君に見せたき
生きてこそ国や人生創る日ぞ永久に続けと平和を祈る

平成十八年八月号

笑顔

もの言えぬ孫の笑顔に家族みな笑顔あふれて朝餉にぎわう
朝夕に笑顔にまさる化粧なし心ひそかに想いて暮らす
笑顔こそ心の花と下想い友に救われ我も救わる
笑い声出せぬ友をば病室に訪ね目元の笑《え》みに出逢いて

大口《おおぐち》を空けて笑いし若き日の笑いの虫は何処に住もうや
おだやかに山々見れば笑顔にて山々もみな語り合うごと
いろり火に家族集いし幼き日笑顔あふれし日々のあけくれ
子を亡くし月日の流れにふと笑い己を責むる友のせつなく

平成十九年九月号

みちのく庄内への帰郷

姉のごと慕《した》ひし従姉妹九十歳山の緑に染まり手を振る
手づくりの味噌をみやげと荷作りす従姉妹八十歳瞳《ひとみ》やさしく
あれも食べこれも食べよと母のごと悟す妹七十歳か
父と兄八十歳で共に逝き額ずく我に夏風の吹く
ふるさとの低き家並みを歩みつつ幼き日々は高く見えしが
今度いつ来《くる》かと問《と》いし亡き母の声聞きたくて振りかえり見つ
人はみなゆるりと変わる世にありて鳥海山はゆたかに横たふ
こんどいつ逢へるのかなと下思ひ口に出さずに法事に集う

ことば

もの言わぬ孫の瞳は百万語語る楽しさ愛《いと》しさの湧く
あれこれと言葉出ぬ日の多くなり己の老いを笑みで補ふ
師のいはく何処《いづこ》にありても人々の歓びとなれ諭されし日よ
言ひたりぬ想ひは深くせつなさに夏風を背に山路急ぎぬ
言ひすぎた言葉に怯《ひる》む吾児《あこ》を見て詫びの言葉の言ひよどみつつ
もの言わぬ夢に出てきしたらちねの母の言葉を聞きたし今宵
言葉なき願い知るときおだやかに朝な夕なに祈る豊かさ
刃物より鋭き言葉受けし傷幼児なれど今もうづきて

平成十九年十月号

夏への想い

庭井戸に西瓜冷やして児等は皆母を輪にして夏を迎うる
最上川胡瓜投げ捨て泳ぎ着き戯れし日も遙か遠きに
終戦の玉音放送聞きし夜に蚊帳の中から星空仰ぎき
原爆の落とされた日の新聞を未だ忘れず平和を祈る
盥《たらい》湯に桃の葉散らし児等遊ぶ夏の木陰も遙かなる日々
冷や麦の赤き麺をば兄妹で奪い合いつつ喰む夏昼餉
クーラーに涼しさ求め昼寝するもったいないと言いつつ老いゆく
夏雲を突き刺す想いの甲子園熱き涙を正座して見る

平成十九年十一月号

日中友好研修の旅

平成十九年十二月号

四人の子母に託して支那事変父征《ゆ》きし地を夫《つま》と旅往《ゆ》く
征《ゆ》く朝の父のまなざし未だなほ七十年前なれど記憶新たに
ふるさとのポプラ並木に父想う中国の地にポプラ多くて
広き地と長い歴史とひとびとの活力溢れ祖国を想う
里芋とニラの花咲く小さき庭暮らし見え来て心和《なご》みぬ
花売りの子に身を固くして通り過ぎ暮らし想えば胸のうづきて
夫《つま》と我仲間に囲まれ乾杯と夜毎夜毎に心若やぐ
遠くから師を訪ね来る留学生元気に国の柱ぞ嬉し

平成二十年一月号

秋（雪国・南国）

大樽《たる》にたくあん山と漬け終えてさあ来い冬と母誇らしげ
干し柿とからとり軒に揺れ動く秋風冬を迎えまつごと
稲藁《わら》の柔《やわら》き藁をば梳《す》き集めふくらみ布団に子等はしゃぎおり
紅葉は山の麓を駆くるごと野辺に着く頃秋は華やか

十一月コスモスの咲く南国に嫁ぎ暮らして早四十年

晴れやかな十月の空澄み渡り秋の野菜もゆたに育ちて

畔道を野菊の歌を口《くち》ずさむ蓼《たで》も揺れつつ我と唄いぬ

我がいのち芽吹きも花も駆け抜けて秋の陽《ひ》を浴びおだやかに問う

箸

木の枝を手折《たお》りて摘《つか》み古代人箸の始まり知恵に感服

お食い初め鯛の香りを嬰児《みどりご》に口ふふませて家族祝《ことほ》ぐ

山登りにぎり飯をば手づかみで沢庵までも手箸は嬉し

箸づかい品よく食べる人ありて食に感謝す心溢れて

箸使いあれやこれやと亡き父母の躾《しつけ》身につき今はことなく

甥夫婦夫婦箸をば揃えつつ待つ教え子の優しさ嬉し

正月の祝い袋の箸新《あら》た祈りて使う気持ち引き締め

箸箱に溢れし箸もそれぞれに家族造りて里箸となる

平成二十年二月号

皿

ふるさとの蔵の隅より古伊万里の皿一枚を連れて嫁《とつ》ぎ来

里の家懐かしさ皿に沢庵の山盛りされて主《ぬし》のごとくに

新婚時大勢客の集い来て慌《あわ》て求めし皿の愛しく

陶器市人さざめきて春爛漫小皿居並び語り合うがに

子等巣立ち老いも深まり皿小鉢花を添えては色香楽しむ

大皿に造られし鯛海と見て泳ぎ出すかやめでたさの宴

老い深め皿も小さきに変わりゆく日々の暮らしも小ぶりに染まる

皿の色料理も決まり人を待つ歓びの声共にまつごと

平成二十年三月号

靴

藁靴《わらぐつ》を囲炉裏《いろり》に並べ明日を待つ幼き日々の雪国の夜
戦後すぐ二足の靴の配給にクラスこぞりてジャンケンをする
カラコロと下駄を履きての日々なれば靴はしゃれもんと思いて暮らす
半年を雪靴履きて暮らす日日修繕しつつ愛しく使う
はじめてのハイヒール履き身も軽く背すじ伸ばして風を切るごと
子育ての日々はズックになりたればいつでも走れる体勢のまま
初めての幼児の履く靴愛《いと》し手の平に載せ眺め飽きざり
年重ねスニーカー履き野や山を花と語らい風と遊びて

平成二十年四月号

ふとん

平成二十年五月号

収穫を終えてふとんを縫う母に子等はしゃぎつつ真綿を伸ばす
朱色地に白き大鶴二羽の舞うふとん整え嫁ぐ日を待つ
産み月の近まりふとんを手縫いする紫と赤小鶴舞う布
眠りいる娘《こ》のふとんをばトントンと叩きて我もほっとまどろむ
忍び足ふとんをそっと掛けくるる娘の優しさにまたもまどろむ
ふとん干し家族の幸せ願いつつポンポン叩く柏手《かしわで》のごと
屋根いっぱいふとん干しては客を待つ亡き母思う暑き夏の日
一枚の毛布を纏う難民の児等の瞳の何ぞ澄みたる

平成二十六年六月号　73歳

葉

朴《ほお》の葉にゆかり・黄粉《きなこ》のにぎり飯畔に並びて田植ゑの昼餉《ひるげ》
最上川七枚の葉で顔清め乙女子《おとめご》祈る七夕の朝
朝採りの茄子に茗荷の葉を蓋し浅漬け冴えし紫紺に満ちて
七色の木々の葉落ちて空高く初雪の舞ふ十和田湖の朝

蓮の葉に輝《ひか》る朝露御仏の涙にも見ゆ佇《たたず》み祈る
庭木をば切りし翌朝切り株に葉に送るらし朝露満ちて
おほいなる大地かち割り大根の双葉芽《め》ぶきて楚々と靡きぬ
六月の札幌の朝冴えざえと木の葉奏づる神の音楽

暮らし

子や他人《ひと》の壁とはなりて父生きる切《せつ》なき子育て老いて今知る
農と子に尽くししわが母晩年は病《やまい》を友と従えつ生き
我がいのち素直さ問いつつ朝まだき深き悔いあり祈《ね》ぎつつ暮らす
皿や箸幾万人の人々の知恵と力に我は暮らせり
皿に載る小鰯ひとつ眼の輝《ひか》り深き海色我に告げおり
踏み草の陰に咲きたるタンポポの飛び散りいのち繋げる暮らし
楽しみは笑顔ひとつに現わるる人の哀しみ万華鏡のごと
年重ね生きてからこそ知る感謝味噌汁一椀崇《あが》め喰《は》む朝

平成二十年七月号

瞳

愁ひごと秘めて歩めばさくら色瞳《め》にも映《は》えずに春は過ぎゆく

病む孫に娘は母の瞳《め》の溢れでて子育て同じ年月経《ふ》るも

ママの瞳にボクがいるよと頬寄するその歓びを共に抱きあふ

見て真似て学び覚《おぼ》えて悟りつつ知るのはじめはこの瞳《め》にありて

涼《すず》し瞳でもの見る友を我は得て杖とし生きむ清《さや》かな暮らし

空《うつ》ろなる瞳に迎うる里人の老いに気づきて我が齢《よわい》知る

話さぬ瞳《め》語る言葉の溢れ出て掬《すく》ひきれずに我が胸を責む

目を伏せて野辺に佇むみ仏の見えぬ瞳《ひとみ》に慈愛いただく

平成二十年八月号

おやつ

平成二十年九月号

庭に咲くあけびの花房甘き香の秋の楽しみ幼児の日々

赤き柿枝を揺《ゆ》すれば雪庭にさあさ喰べよと飛び降りてくる

干し柿の甘くなるのを待ちかねて竹竿振りつつ口も空《あ》けつつ

農繁期御櫃《おひつ》抱《かか》えて兄妹で握り飯食べ笑顔溢れて

雨降れば笹巻き作り子等を待つ母の笑顔に家は晴れやか

ドーナツやケーキを作り子と遊ぶあの賑わひもほんのいっとき

今どきのこどもはおやつ太るから加減をしつつ手を添え眺め

春めきて蓬《よもぎ》の若芽さやさやと喰《は》む子は遠く心はやるを

花

平成二十年十月号

幼児に山吹の短歌説《うたと》きし父遙《はる》けき國ぞ今八重に咲く
牡丹花傘をさし添えて愛《め》でし父花の品格眩いばかり
木漏れ日の胡蝶花《しゃが》の花咲く山路来てさやさやと吹く山里の風
入学の祝いを込めてチューリップ植え込み始め秋の陽を浴び
幼き日山百合の根を掘り起こしひとひら残す従兄弟七歳
野菊咲く秋を想いて春の野に嫁菜摘みつつ夕餉調《ととの》う
薄暗《うすぐら》き山路をゆけばやぶ椿落下せしまま凜として咲く
へんろ路の山門に座《ざ》し鶯の声聞くときぞ花かと想う

杜の都仙台の姪嫁ぐ

嫁ぐ朝花の香りに見送らる旅立ち祈り薔薇を贈りぬ
はるばると笑顔土産に集《つど》ひ来て声も華《はな》やぐ伯父伯母達も
桜湯でもてなす姉妹やはらかき笑顔零《こぼ》れて祝ぎの輪を
コーラスで出逢いし二人今宵こそ新夫晴れ晴れ友と歌ひぬ

平成二十年十一月号

杉木立春冷えの中神殿で凜と笛の音神酒ふふみて
花嫁の父母への便り読む声の晴れの姿に涙溢れて
あれこれと気遣う妹《いも》を眺めつつ我が母偲ぶ花嫁の母
和やかに朝食共に睦み合ひ余韻を胸に家路に向かふ

古里庄内での同窓会

七十を超して集えば皆少しゆるりと惚けて笑い溢るる
三日目に鳥海山の姿見て父母かと想い皆声高し
胸に秘め澱《よど》みをみんな吐き出してまた再逢《また》う日まで元気に生きるぞ
湯の浜の水族館のくらげ達天女の舞に時を忘れて
阿部次郎記念の生家見て廻り挫折も種と生きる強さよ
九十を超したる人を訪ぬれば家人ある人声晴れやかに
それぞれが病話《やまい》せば百貨店開設できると笑いさざめく
一年に一度の逢う日を待ちわびてこの日元旦と想いて暮らす

平成二十年十二月号

若さ

明日あるを当たり前だと思う日の若さを妬む秋の夕暮れ
若さをば未熟と思わず未来とし励みし日々も遠く遥かに
若き実の苦《にが》み渋みを味見つつ甘みに変わる月日を待ちぬ
手づくりの味噌をひと嘗めまだ若い母の仕草に似てきし我も
若き日に花咲く日もなく散る命特攻花に託しつつ征《ゆ》く
若者に夢と希望を見るときに我が体にも若さ湧きいづ
人参の若き葉と根を白和《しらあ》えしほのかに香る甘さを秘めし
幼児の全てが愛《いと》し手や足や言葉足らずも若き芽と見え

平成二十一年一月号

重さ

子のいのち背に負い両手に抱《かか》へても重さ感じず子育ての日々
軽やかに風に舞う花地に落ちて大地と化する重さを秘めて
緒形拳死亡せし後に見るドラマ笑顔ひとつも重く抱きしむ
古里を離れ暮らして五十五年庭の花まで我が胸にあり
口数の少なき兄の一言《ひとこと》は胸奥深く重く沈みぬ
重き夜を過ごせし朝もあかときの輝きを見て一日《ひとひ》始まる
漬けものの重石《おもし》探してせせらぎを歩めば石も我と語りぬ
孫は逝く我の腕《かいな》にひっそりと重さ残して嬰児《えいじ》のままに

平成二十一年二月号

温《ぬく》さ

平成二十一年三月号

みちのくにふきのとう見て跳ね遊ぶ幼き日々の母の瞳《め》温《ぬく》し
みちのくの寒さ厳《きび》しき昼餉《ひるげ》時《どき》味噌雑炊に家族温もる
幼児に温き豆腐をふうふうと顔膨《ふく》らませ喰《は》ませし日々よ
はじめての炬燵《こたつ》に炭火おこしし日家族集いて温さ確かむ
哀しみを持ちて歩めば人びとの無口も温《ぬく》し秋の日の暮れ
病む友に笑みて手を添え摩《さす》りつつ語る見舞いに温さ湧く瞳よ
炊きたての飯《いひ》のひとさじ温きまま佛に捧ぐる妹《いも》の愛しく
はじめての母となる日を夢見つつ毛糸編む手の温々《ぬくぬく》として

新しき

母を真似新しき下着を取り揃え子の寝顔見つつ元旦を待つ
古里の新米喰《は》めば新しき血の沸く思い気持ち晴れ晴れ
山の端に朝日昇りて新しき一日《ひとひ》始まる佇み祈る
新しきノートの始め空白で使う習慣《ならい》を兄に教わる

平成二十一年四月号

新しき言葉覚ゆる孫愛し言葉に詰まる老いに苦笑し
友の瞳《め》に新しき憂い今気づき我が胸叩く切なさを責め
新しき趣味と思いてピアノ弾く指は動かず出るは溜息
新しきフライパン買い献立の華やぎ弾み広がる夕餉

芋

最上川芋煮会せしせせらぎの清らな流れ今も瞼に
最上川芋煮会あり皆集いあれやこれやの語りも煮込む
深き畑掘り起こしたる長芋を擂《す》り鉢を出しなみなみと摺る
「ただいま」と駆けて帰れば笊いっぱい蒸し芋が待つ母は田んぼか
軽羹《かるかん》をはじめて食べて懐かしく芋が糧《かて》とは納得の笑み
里芋のふっくらとした筑前煮姑《はは》の味には未だ及ばず
年の瀬におせち作りを娘《こ》に伝え栗きんとんに頷きあひて
秋空に孫等集ひて芋掘りの歓びの声爺《じじ》も及ばず

平成二十一年五月号

野辺の花たち

いぬふぐり畔一面に小《ち》さき花春呼ぶ風にさやさや揺るる
野の花の王者のごとくたんぽぽは揺れて笑顔にもてなすしぐさ
春の野に摘みし芹たち夏むかえ白き花咲き食べ旬《とき》を告ぐ
春浅く秋を想ひて葉の繁る彼岸花にも春の色あり
みぞそばと名前あるのを知らずして金平糖と名づけて遊ぶ
稲刈りのすみし畦《あぜ》道野菊咲くあのむらさきがなんとなく好き
なずな咲く三味線草としゃれもんの名前つけられどこでも育つ
色もなく花もなけれど野のすすき揺れて秋色風まで染める

平成二十一年六月号　74歳

十五の春

恋といふことさへ知らず学び舎の十五の春の君に逢ひたし
語りあふことさへなかりし淡雪の十五の春よ夢に出で来よ
我二十歳《はたち》十五の春の教え子等還暦過ぎて我に迫り来
子の十五電話線をば長くして隣の部屋でヒソヒソ話す
手づくりの服にとまどふ娘《こ》のしぐさ十五の春の兆《きざ》しに揺るる
十五にて記事になりたる犯罪の子等の朝夕想いつつ読む
背丈越す十五の子等の成長を祝《ことほ》ぎつつも我が芽も育て
老人会幼《おさな》呼び名に声高し十五の春を共にせし人

平成二十一年七月号

慎ましく

平成二十一年八月号

世話になることをわすれずつつましく生きれば感謝溢れ出《い》で来し
皺《しわ》伸ばし結び確かめ風呂敷を持てる人ありつつましさ見ゆ
量り売り肉の重みを首かしげ笑顔を添ふる店のつつまし
ポピー咲く道を通りて映画館弾む気持ちのつつまし豊か
半襟を整え祝宴に着座するつつまし姿に凜と風吹く
年金のおりたる夕餉つつましく花など添えて話も弾む
年金のおりたる日には種を播くやがて花咲く朝を想ひて
つつましさ見ゆる暮らしは品格の裏打ちありて深く落ち着く

平成二十一年八月

あけび発行八十巻記念合同歌集

ふるさと庄内想い出の四季

元旦の雑煮作りは男子衆《おとこし》の習慣《ならい》に従い餅を焼く父
雑煮椀凍る桶より若水を家族に注ぐ次兄《あに》は真剣
寒空《かんくう》を焦がす勢い火祭りと裸祭りで豊作を祈ぐ

鳥海山雪解け絵図で村人に種蒔き時期を告げる暮らしよ
雪解けの消える間際のあさづきは春山菜のはじまりの味
苗代の種の根づきを案じつつ手鞠遊びも慎む早春《はる》ぞ
春吹雪散りし桜を校庭で集め遊びし友の懐かし
学校も休みとなりし農繁期村中総出で田植えはじまる
炎天下我は蛙と思うほど田の草取りで一日は暮れる
早飯を食べて蛍を捕りし夜蚊張に放ちて共に微睡《まどろ》む
井戸水でなみなみ作る冷や汁を囲み暑気をば払い除けるぞ
乙女子は七夕の夜舞い踊り村人和み拍手の子育て
先祖様胡瓜や茄子の牛・馬でおいでを待ちて盆を迎える
終戦日星空仰ぎ兄《あん》ちゃんの帰る歓び未だ忘れず
黄金の国ありとせば金色の稲穂海原庄内の秋
秋深し最上川原の茅刈りは牛・馬・人も鈴鳴らし帰路《きろ》
落ち鮎を捕りて遊びし最上川大雨降れば田畑飲み込む
寒き冬村人集い語り合い漬けもん自慢で冬を楽しむ
雪景色取り残したる柿の色あの家この家えくぼのごとし

吹雪夜を古き鳥追い練り歩く男子等《おのこ》の唄響きし晦日

自転車

田植えどき三角乗りで駆けつける小昼《こひる》運びに犬まで弾む

前に乗せ後ろにも乗せ背にも負い勇まし自転車子育ての日々

早々《はやばや》と三輪車買い息子《こ》に与え足も届かず茶の間で遊ぶ

補助なしで自転車に乗る初乗りは四人の子皆父の一押し

子等四人惑《まど》い選びし自転車も競い磨きて色よく並ぶ

久々に自転車に乗れば風までも我と競いて走り添い来ぬ

自転車を自動車に変え暮らす日日増加体重五キロ動かず

山積みの廃棄自転車雨に濡れ宝となれる国もあるのに

平成二十一年九月号

札幌の一人居の兄を訪ねて

平成二十一年十月号

タンポポの群れ咲く路をバス急げ兄待つ家へ心速《は》やるも
白樺の林を抜くる風よ吹け空飛び訪える我を後押せ
湯気の立つ夕餉囲めば父母《ちちはは》も側にいるごと話も弾む
コーラスの笑顔の輪の中兄の笑み我も弾みて共に歌ひぬ
部屋毎に家族の写真飾り付け賑わい溢れ部屋に暮らせる
仏壇と玄関などに花を生け風と話と笑顔も湧きて
手づくりの味噌を持ち来て丁寧に一椀の汁心込めつつ
バス停で杖つき手振る見送りに「また来るからね」と強く抱きしむ

青春の地・津軽への旅

平成二十一年十一月号

「おかえり」と我をそのまま受け入るる岩木の山に「ただいま」と告ぐ
七十を超して集えばそれぞれに生き方秘めし顔をみやげに
嬰児《みどりご》のほほのごとくに若葉揺れ友と旅往く十和田の湖畔
山宿の蔦温泉の檜風呂今も昔も我を抱きしむ
新緑の「森のイスキア」静寂の中にありても語るものあり
山菜の旨さ噛みしめこれこそは雪国暮らしの贈り物かな
新緑の山麓めぐり「金木」へのドライブ清《すが》し極楽道かと
憧れの津軽三味線聴きし後に斜陽館をばしみじみ廻る

平成二十一年十二月号

音

朝の鐘鳴る山里に朝日《ひ》は昇り山も木もみな我も落ち着く
せせらぎを聴きつつ辿る朝散歩音色《ねいろ》リズムに一日《ひとひ》始まる
すやすやと寝入る我が児に頬寄せて寝息確かむ新米の母《おも》
俎板のトントントンで目が覚めるあの音好きと娘《こ》は膝に乗る

とんとんと布団叩けば娘は寝入るこの音好きと笑みを残して
夜の静寂《しじま》破るバイクの音はげし母の病を報する電報
電話にて声音弱きに我気づき駆けつけ訪《と》えば母は臥せおり
サイレンに戦慄したるあの想い永久《とわ》に忘れず平和を祈る

吸う

蛭のごと我が哀しみを吸い出せるかかる生物何処《いづこ》に住むや
「僕ママと結婚する」と頬にキスあどけなき顔子育て楽し
熟れトマト啜《すす》りて喰《は》みし父逝きて幾年《いくとせ》なるや想いは深く
生れてすぐ乳に吸いつきほやほやと笑みなど浮かべ我の腕《かいな》に
新生児鼻づまりせる切なさを躊躇《ためら》いもせず母は吸い取る
煙の輪作って見せてとせがむ息子はライター贈りパパに憧れ
ひやひやの山路登りて沢水を頬寄せ飲みて甘さ確かむ
昆布だしの湯気立つ椀にひとひらの柚子の吸《す》い口《ぐち》秋を深むる

平成二十二年一月号

色

朝ぼらけ雲さくら色星ひとつ草木《くさき》も目覚めさやさやそよぐ
色艶《いろつや》の話も胸にたたみ込みさりげなきごと皆し老いゆく
金色の茜さす空仰ぎ見て至福に染まり佇み祈る
嬰児《みどりご》の瞳の黒さ我が心見すかすごとく言葉なくとも
白飯《しろめし》に梅干し載せて眺めつつ国旗の色もまさにこの色
嫁ぐ朝いろいろあるのが結婚と指折り数え母は諭しぬ
若人は黒を纏ひて華やぎつ老人達はピンク楽しむ
戦時下に十二色のクレヨンを「もったいない」と飽かず撫でし日

平成二十二年二月号

朝散歩

朝五時に家出る散歩の二時間《ふたとき》は草木と語らい風と唄いつ
三匹の煮干し噛み噛み靴を履く朝のひと足心も軽く
満天の星は移ろい星ひとつこの半時に身を染め歩む
語りつつ歩む人あり黙々と歩む人あり皆リズム持ち
亡き母の久留米絣を縫い直し羽織りて今朝も二人で散歩
山路往きひとひらの葉を手に載せてその色合いに秋を楽しむ
目礼し微笑み交わす散歩友逢わぬ日あればからだ案ずる
朝散歩なし終え朝餉の味噌汁の菜を刻む手自ず弾みて

平成二十二年三月号

蓬《よもぎ》

平成二十二年四月号

小正月正座し並び子等は待つよもぎ灸での父の清めを
虫送りよもぎと菖蒲を軒にさし祈る習慣《ならい》は父母の在《ま》しし日
空《あ》け放ち干ししよもぎで燻《いぶ》り出し蚊取りとせるは父母とゐた夏
春浅くよもぎ摘み摘み野辺遊び春一番のよもぎ餅搗く
子も親もよもぎを知らず畦を行く葉裏を返へし効能を説く
ふつふつと部屋いっぱいに香りだし手作りよもぎ茶からだ温《ぬく》める
萌えよもぎ天ぷらにして笑みを添えもてなす女《ひと》の手はまろやかに
刈り込めば春夏秋もよもぎ繁《は》え南国に住むこの幸《さち》に酔ふ

誕生日

誕生日命をかけて母我を産みし朝なり祈《ね》ぎつつ想う
父母達は誕生日などなきままに晦日に皆《みな》で年を貰いぬ
手を握り母と産婆の掛け合いと産声聴けり障子の陰で
札幌に一人居の兄八十歳遥かに祈る九州の地より

平成二十二年五月号

四人《よたり》の子産みし日の空それぞれに未だ忘れず子の誕生日
誕生日何はさておき赤飯をほかほかのまま子等は配りぬ
灯を囲み子等待ちきれず早よ早《はは》よと感謝と祈りありてこそ灯ぞ
誕生日感謝すること多くして七十代も楽しかりけり

平成二十二年六月号　75歳

光り

白内障手術せし後に立つ厨包丁光り我を待つごと
ほの暗き朝の散歩も清清《すがすが》しやがて朝の光《ひ》あるを信じて
ひまはりは光求めて咲き揃ふ笑ふがごとく語るがごとく
光浴び温《ぬく》さあるらし猫丸く目を細めつつ居場所を持てり
光射《さ》すミレーの晩鐘想ひつつ佇み祈る夕暮れのとき
新幹線「光」といふ名で速《は》よ走れさあーふるさとへ父母待つ家へ
ふるさとや残照のごと亡き父母の話に湧きて村人温《ぬく》し
一隅の光となりて暮さむと教え児語る瞳輝かせ

お弁当

戦時下に菊の花絵の弁当箱供出せし日の切なき想ひ
幼児《おさなご》の弁当箱まで戦闘品戦《いくさ》のむごさ永久に伝えむ
朝五時に五つの弁当作り終え手づくり梅干しネックレスかな
定年の日まで休まず弁当と笑みつつ今朝も夫《つま》は仕事に
雪国はストーブの側弁当を並べ温《ぬく》めばたくあんの香が
運動会母は田んぼで忙しく「卵とじ」など弟妹と昼餉《ひるげ》
おとうとの一年生の一等賞母に見せたし語りつつ喰《は》む
弁当箱「みんな食べたよ、空っぽよ」得意に告ぐる園児の吾子《あこ》よ

平成二十二年七月号

白い花

父唄う「白い花が咲いていた」おだやかな瞳《め》でのどかな声で
くちなしの花の白さの品の良さ香りを秘めて楚々《そそ》と咲き出す
八甲田清《すが》しき水辺に咲き競う水芭蕉の葉白き花抱き
雪柳小手鞠も咲き春告ぐる庭吹く風もリズムあるごと
みちのくのこぶしの花の咲く頃は雪解け水で田植えはじまる
春を待ちしろつめ草の王冠で姫となりたる古里遠し
暗がりの竹藪に咲くしゃがの花青白く咲きここにも春が
夕顔の白き花咲くあの夕べ赤子背負いて泣きし日もあり

平成二十二年八月号

大き声

平成二十二年九月号

大き声「うんこ一匹出たんだ」と得意に話す孫は三歳
大き声あげて泣く子を頭撫《な》で「泣くのが仕事」と孫は兄ぶる
大き声に怒鳴《どな》られしこともありし父墓石の下に何を告げたき
大き声押し入れにいれ子を叱る何ごとだったかふりかえる今
「くそばばあ」囁く声に大き声追う我が声に気づき恥ずかし
大き声「あんちゃん」と呼び駆け寄れば「兄さん」と呼べと諭されし駅
「ごはんだよ」大きい声で呼ぶ夕餉途絶《とだ》えて久し気づかぬままに
大き声あげて泣きたき日もありて縋《すが》る胸なく声なき涙

平成二十二年十月号

春の野遊び

春の野に嫁菜《よめな》摘み摘み嫁菜飯秋に野菊と咲く芽を摘みて
背を並べ母を待ちたる児等のやうつくし摘み摘み夕餉調う
山峡に採る人もなくクレソンは白き花咲きせせらぎ清《すが》し
のびる摘み小さき根玉の醤油漬け辛さ楽しみ朝餉豊かに

蕗と石蕗《つわ》・姿形は似かよえど味を競ひて夕餉春膳
山うどの苦み旨しと言へる年父想いつつ胡麻和えにする
雪国の春の蕨は冬の糧家族総出で春山楽し
雪国に取り残したるを芽立ち菜《めだな》を「福立ち《ふくだ》」と呼び春の香を告ぐ

山々

山麓《さんろく》を草木と語り歩みつつ乳房まさぐる母の膝かと
ふるさとの鳥海山を背に育ち「凜と生きよ」と声の聴こえて
月山《がっさん》の雪の峰々神さびてこの世あの世を告ぐるがごとし
青春を過ごせし町の岩木山おだやかにして我は許され
教え児と窓辺に眺むる八甲田紅葉する山に奥入瀬想ふ
山々は何を語るか聴きとるか霧たつ山に対座する朝
日々《にちにち》の散歩する道山優し若杉山の木立は揺れて
旅にあり富士山見えし夕暮れは幸せだったと想ひは深く

平成二十二年十一月号

足

嬰児《みどりご》のふっくらしたる足さすり何処歩むや世界は広し
亡き母の萎《な》えし足をばなぜもっとさすらずゐたかと悔い残りて
年重ね足のうずきを知り始め父母の暮らしを今更想ふ
運動会どの競技よりただ走る足の捌《さば》きに見惚《みほ》れ頷《うなづ》く
九人の子産みて農婦の母の日々支えし足の固き爪切る
雲海の広がる峰を眺めつつこの足二つで登りし山よ
月毎《つきごと》に『あけび誌』に載る我が歌は生きし足跡色さまざまに
「婆《ばあ》の手を握《と》りつつ逝くは幸せと」夫婦《めおと》足跡父は伝えて

平成二十二年十二月号

あけび大会参加投稿参加作品　大会詠

友

眼の弱き夫と二人で山路行きふと手を添える友となりたり

耳

「その齢になれば分かる」と父語る反抗しつつも耳に残りて
耳元で「わが身抓《つね》ってひと様の痛みを知れ」と母は呟く
「何処でも汝の道を行け」と説く恩師の言葉耳澄まし聴く
木や花の揺るるさざめきさりげなく耳にとどめて里山散歩
耳穴がつんざくほどの大声で呼んでみたき日父母や兄の名
耳元にさやさや流る秋の風メールする手に何ぞ告げんや
さりげなくテレビの音を低くする娘《こ》のしぐさ見て耳の老い知る

平成二十三年一月号

民の声耳にし胸奥炎とし布施弁護士の映画に奮う

言葉

平成二十三年二月号

言ひたくて言えぬ言葉を胸に秘め黙々と喰む夕餉のめざし

一言《ひとこと》の言葉告げずに五十年過ぎしあの日の想ひは今も

言葉なく瞳見るだけただ愛《いと》し嬰児《みどりご》を抱く語りつつ抱く

言葉などいらぬ想ひで朝焼けの神々《こうごう》しさにわが身を委ね

今にして分かることあり父母の言葉なくとも伝えたき想ひ

「おかげさま」言葉廃《すた》れて暮らす日々絆は見えず何処に行くや

地球をば取りまくほどの血管はどんな言葉を語りつめぐるや

「黙っててね」と言葉を添えつつ語られてそを胸に貯め人の世を知る

新しき町

平成二十三年三月号

奥さんやのんちゃんママやおばちゃんと我が名呼ばれぬ町に馴染《なじ》みて
魚屋さん郵便屋さんと笑み交わしひとつひとつが我が町となる
子の門出新しき町想ひつつ天気予報も気にして眠る
父母の訪ふこともなき九州に嫁ぎて知るや親の祈りを
夢乗せて丘に広がる青き空四百軒の新居建つらし
棟上げの餅捲く子等に人集ひ笑顔溢るる新しき町
合併にて町名変わりふるさとに文書くときは心さざめく
初日の出山里に射し家々は新しき町生まれ出るごと

ピンポン仲間

平成二十三年四月号

七十五歳記念し始めしピンポンに心弾めど体動かず
声あげてスマッシュ決まれば汗も湧き心晴れ晴れ仲間と共に
朝二時間散歩の足はピンポンの楽しさ支え笑顔溢れて
火・木とピンポンする日は前夜より道具揃えて遠足気分
ピンポンの仲間と共にボーリング忘年会と会話も弾む
若き日はみごとな選手らしかりき初心の我は師に囲まれて
ペットボトル二本の水も飲み干して猛暑の夏もピンポン楽し
八十五歳たじろぐほどの技《わざ》で打つ友の勇姿に我が心揺る

帰郷

布団干し布巾・菜箸新調し子の帰郷待つ心そぞろに
上野駅此処まで来ればふるさとに繋がる列車我は安堵す
温海駅《あつみえき》県境越ゆればふるさとの言葉も聞こえデッキに並ぶ
父母《ちちはは》の在《ま》しし日なれば躊躇わず帰省せし日の懐かしきかな

平成二十三年五月号

盆・暮に帰省客なる人溢れ絆や癒し求め家路に
帰郷など言葉に出来ぬ戦場に逝きし御霊《みたま》に祈る日ぞ今日
我逝きて帰郷せる場の多くして津軽・庄内・九州の地か

平成二十三年六月号　76歳

折々のうた

年重ね兄妹《けいまい》集い法事する親の想ひを今胸に抱き
七十を越して集ふクラス会暮らしを語り許し許され
朝焼けの雲曼荼羅の光射し明るさを増し佇み祈る
蓮の葉に朝露まあるくころころと真珠のごとくこころのごとく
赤き靴二十代には履きそびれ七十代にて惑ひつつ履く
「よかったね」「おかげさまで」と受け取れば産まれ広がる幸せの輪
いろりばた漬けもん等を手の平にてんこもりして冬を楽しむ
寒風に曝《さら》されながらも春を待つ蕾・枝先さくら色して

「またね」

父母に逢う年に一度の別れ際「またね」と想ひ絶ち切る言葉
背を伸ばし柏手《かしわで》を打ち晴れやかに「またね」と明朝《あす》を信じて祈る
夕焼けに手を振り「またね」と約束し遊び疲《つか》れて夕餉に走る
新米のめしを炊きあげ釜を撫で「またね」と明朝《あす》の出来あひ約す
クラス会笑ひ溢れて帰り路「またね」と余韻残しつつ去る
艶《つや》やかに咲き誇りたる白牡丹「またね」と声かけお礼肥する
子に読みし絵本を膝に孫に読み「またね」と静かに閉じぬ今宵は
今宵また大江光の調べ聴き明朝《あす》の目覚めを「またね」と祈る

平成二十三年七月号

刀

携帯を刀のように腰に挿《さ》しやっと落ち着く現代《いま》の暮らしよ
新聞を丸めた刀を振り回し武士となりては遊ぶ孫どち
父母《ちちはは》の言葉をいつも懐《ふところ》に日々の暮らしを守る刀よ
百姓の子と産《あ》れし性《さが》山積みの安き野菜に作り手想ふ
年重ね刀抜く手も躊躇ひつ言葉選びて受け身となりぬ
刀葉と兎の喜ぶスカンポを探す幼児《おさなご》春の野楽し
なぎ倒す言葉や視線に立ち向かう気力も失せて皿を洗ひぬ
若き日の陸士の長剣海兵の短剣姿の兄達の瞳凛々《りり》し

平成二十三年八月号

ふるさと

平成二十三年九月号

ふるさとは鳥海山と最上川父母亡き後も我を迎ふる
元旦の雑煮の餅はいつまでも蕨と油揚《あ》げほんものと想ふ
地吹雪に蛙の鳴き声花火までふるさと想へばみな懐かしく
朝早く湯気立つ厨賑《にぎにぎ》々し餅搗く日には声も華やぐ
それぞれの地にて暮らせる幼友電話に出づればふるさと言葉
荷の届く透《す》き間《ま》に埋むる新聞にふるさとの香を探し読み入る
村人の御詠歌流るるふるさとの葬儀の場にて我は落ち着く
ふるさとの餅や赤飯山菜ともてなしぜめに感謝溢れて

段

鍬一本で造りし棚田水満ちて雛壇のごと整然として
階段を一段おきに飛び登る高校生の漲る若さ
夏ござの縁《ふち》に躓く我の老い薄き段差を心にとどめ
段差なしスロープ手すり声揃え老いのわが身を優しく呼べり

平成二十三年十月号

段々と暑くなったり寒くなり花咲かせつつ季節移ろふ
年重ねあたりまえが尊いと分かる段取り人生深し
ほりたてのじゃがいもの皮擂り鉢に剥く亡母《はは》の技《わざ》段々遠のく
玄関の段差に腰掛けゆっくりと靴紐結びさあ出かけるぞ

別れる

八十を超したる兄との別れ際ためらいもなくハグし頷《うなず》く
走ること別れて歩みに変えたれば小さき草花ささやき聴こゆ
ハイヒール別れてすべて紐《ひも》靴に闊《かっ》歩《ぽ》する日も楽しかりけり
白き百合香り誇りて咲き競ふ花弁別れて大地に還る
娘は職場我の腕《かいな》に手を振りて別れ惜しみつ幼児なりに
いさぎよく六十代に別れ告げ七十代をゆるり楽しむ
二人して生きる暮らしに別れ来て人の情けを素直に受くる
ふるさとに別れ飛び出し暮らす日日我がふるさとは胸奥深く

平成二十三年十一月号

越ゆる

平成二十三年十二月号

二万歩を越えて歩める我が足を賞めつつ撫《な》づる指の先まで
母の年越えて生ある日々《にちにち》は感謝溢れて祈りを知る日
子は子だと定めて暮らす日日なれど親の想ひは溢れ越ゆるや
野も家も越えて飲み込む大津波目や口手持つ海獣のごと
竹輪手に角打ちの升溢れ越ゆ象の目をして笑みつつ飲めり
孫火傷《やけど》越ゆる想ひの見守りも悔いの残りし花火せし宵
年を越し手作り味噌や梅酒など香りを放ち深く濃き色
せせらぎは川底の石越ゆる時白波を立つ歌ひ舞ひつつ

霧

朝霧の流れ顔出す山々に挨拶交わす朝散歩かな
八十代近くになりて人生が霧の中から朧《おぼろ》に見ゆる
高校の入学の朝セーラーに霧吹きかけてアイロンかけぬ
霧雨に華やかな傘探し出しこれだこれだと散歩も楽し
夕霧に朧に咲ける夕顔の花の白さを君と愛《め》でし日
霧もまた水なるものか髪濡らし頬火照《ほて》らしつつ山路急ぎぬ
襖絵《ふすまえ》の霧立つ山に川流れ朝夕眺めぬ食卓の友
霧の朝投網を背に父帰る鮎大漁と声高らかに

平成二十四年一月号

下駄

平成二十四年四月号

雨の中切れし鼻緒の下駄を持ちピョコンピョコンと下校する午後
桐下駄の歯を挿《す》げ替ふる手職人飽かず眺めて道草下校
お盆には新しき下駄整へて袂浴衣でみんなで墓参
幼弟《おとうと》は四姉妹《しまい》の赤き下駄見て「同じがいいと」さめざめと泣く
蛮カラと下駄打ちならしし兄達も杖を友とし緩やに歩む
愛し児の下駄に紐着け手を添えて口開け見守るみんな集ひて
雪下駄に爪革つけておどおどと初雪を踏む幼児の我
新しき男の下駄を玄関にこの家の主の居場所整ふ

着物

虫除けの黄連染めなる麻の葉の繋がる模様の命の産着
背丈越す娘《むすめ》の浴衣縫い上げて溢るる笑顔今日夏祭り
息子《こ》と娘《むすめ》に紬の着物仕立て上げ成人式を祝ひ寿ぐ
温もりを探し求めて亡き母の着物纏《まと》ひてひととき和む

平成二十四年三月号

亡き母の形見の丸帯祖母のもの百年を経て渋く落ち着く
譲られし丸帯締めて嫁ぐ娘の笑顔眺むる歓びの朝
実家《さと》の紋つきし着物を撫でさすりつながり想ひ静かにたたむ
半襟と帯の形も気に入りて裾のさばきも軽やかになる

餅

稲倉にみんなし声かけ餅を搗くさやけき色に菱餅生るる
元旦は七輪囲み餅を焼くふくらみ来れば心も弾む
屑米《くずまい》を粉にし餅つきおやつとし「もったいない」と昭和の暮らし
鏡餅・紅白餅の初誕生・棟上げ餅と暮らしの柱
飛魚《あご》出しや鰤の出しなどそれぞれの雑煮の中に餅は主なり
つきたての餅にあんこや黄粉などまぶし振る舞ふみちのくの宴
幼き日年の数だけ食べし餅今七十代よ笑ひ止まらず
つきたての餅のようだと嬰児《みどりご》の頬や手足に頬寄せ笑ふ

平成二十四年四月号

波

ふくよかに波立つ胸を押さえつつ乙女子走る夕陽を背に
盃に波立たせずに注ぎ入れ笑みつつ飲みぬ夫の夕餉は
波風を忘れしごとく父母の金婚式の写真の笑まい
穏やかな大海なれど風吹けば音立て磯に波打ち寄する
波のごと風を送りし扇風機秋風吹けば静かに閉じぬ
波静か金印出づる志賀島《しかのしま》夫の友等と笑みつつ旅す
ふるさとの山々の木々さやさやと山波のごと秋風に鳴る
「田んぼ風いいもんだよ」と語りつつ逝きし義弟は穂波の中か

平成二十四年五月号

蕾

平成二十四年六月号　77歳

吹きしまく寒風の中木々の芽は春待ち顔に蕾膨らむ

何事も出来ぬ愛《いと》し児ただ愛しやがて花咲く蕾にあれば

七十を記念し始めし短歌《うた》の道蕾抱きて日々を楽しむ

幼き日他愛なきこと賞められて胸奥深く蕾となりて

年重ね偉さ賢さ卒業し穏やかさのみ胸の蕾ぞ

今に咲く花に囚《とら》はれこの国の蕾育む想ひは何処《いずこ》

南国の小春日和の温き風春咲く花の蕾抱き寄す

うす紅を点《さ》したるごとの蕾たちりんご畑は津軽の春よ

あけび大会投稿短歌

和

生れし日が昭和にあれば戦世《いくさよ》と復興の道胸奥深く

あけび大会投稿短歌

花

音もなく雪降る夜の朝まだき木々に雪花咲く厳かさ
雪国の花なき日々の餅花に部屋華やぎて人若返る
寒の内雪に埋もれて暮らす日日梅の花咲くニュース流るる
春に咲くりんごの花を想ひつつ雪野の剪定春を呼ぶ音
春を告げ百万匹の蝶々が歌ひ舞ふごとれんぎょうの咲く
新入生花ある顔で入学すそを見て我も凛とする朝
幼児の花びらひとつ開くごと言葉覚えるあどけなきさよ
春の歌花の名前を歌ふ時我が体にも春の風吹く
我が生涯何処にでも咲く強き花かぼそき花つけなずな咲く道
津軽路に爛漫と咲く夜桜や我が青春もいつしかおぼろ

初めての子授かりしを確かめて夾竹桃咲く産院を出る
一夜花《いちやばな》稲の花咲く朝餉時父母にこやかに秋を語りつ
露草の咲きし頃にはふるさとの蛍狩りした夕べを想ふ
大瓶に一抱えほど花を活け逝きし子を待つ母のお盆よ
ひまわりも朝顔もみな太陽を抱きて花咲くいと爽やかに
娘の生《あ》れし嫁ぎを想い父植うる桐の花咲く父の花咲く
裾野まで鳥海山は紅葉《もみじ》なり花の衣を纏ひて聳え
人はみな哀しみ持ちて生きる身よ「言わぬが花」と友情深め
花の中笑みつつ遺影の恩師の瞳《め》人生○《まる》と手を挙げ逝きしと
穏やかな顔見せつつも理不尽に黒き花咲く我が胸の内
しみじみと愁ひの花を数えつつなす術知らず深き夜は更け
「笑顔こそこころの花」と想ひつつ咲かせ続けて七十七才
ほやほやと笑みの種播く嬰児《みどりご》に親族《うから》集ひて笑みの花の輪
そばを播く白き花咲く秋を経て除夜の鐘聴き夫そばを打つ

愛

晴れやかにいのちかくるは愛なりと静かに嫁ぐを決意せし朝
小さき花小さき撥《ばち》持ち咲き揃ひ我《わ》の好む花愛し薺《なずな》よ
白飯にほやほやほやと湯気を立て愛の調べを奏《かな》づる朝餉
晴れし朝「いい空売り」と歓びて農婦の母の仕事への愛
大釜や御櫃《おひつ》の飯粒干し飯に農婦の母は米を愛して
聖書読むコリント人への愛の章声出して読む頷きつつ読む
誠実に生きむと励む我が生涯素振《そぶ》りの愛はほんに無きかや
人々のいのち育む大地こそ大き愛なり踏みしめて立つ

平成二十四年七月号

遺言

父母の遺言何かと想ふ時言葉などなく生き様残し
遺言を添ふる財など何もなく清《すが》しさ残れば嬉し生涯
教え子が遺言のごと我がレシピ今でも作ると聞けばうれしや
鶯の鳴き声やっと滑《なめ》らかに山に木霊《こだま》す声の遺言
原発の廃止求むるデモ隊は遺言のごと「子等に平和を」
ひまはりは文字も言葉もなけれども種に咲く時期込めし遺言
遺言を語ることなく全力もて我が生涯を駆けて行きたし
心根を開けて伝ふる短歌の道楽しみ紡ぐ遺言のごと

平成二十四年八月号

夢

平成二十四年九月号

四人《よたり》の子育てし頃のひとつ夢トイレにひとりゆるり入りたき
十万円で通じる夢の電話あれ天国の父母に感謝告げたき
子の夢と親の夢とが繋《つな》がりて農の絆はゆるり結ばる
我の夢果たせぬよりも他人《ひと》の夢抱き込めぬ責め目を閉じて詫ぶ
夢の中語りあふ人逝きし人老いるといふはこげんなことか
人様《ひとさま》のお世話少なく逝きたしと夢持ち朝の散歩に励む
幼児が夢見て語る中にいて我にも明日の光溢れて
何事も出来ぬ嬰児《みどりご》老いの身に広がる夢を授け給ひし

平成二十四年十月号

ふるさと庄内法事への帰省

緑陰の風の中行くそば街道月山見えてふるさと近し
最上川船下りするこの流れふるさとの田を潤《うるお》す恵み
穏やかに一回忌の宴案内《あない》する甥の姿に父親を見る
久々に床を並べて寝入る宵亡き夫のこと妹語る

幼き日遊びし友も白髪に笑みは変わらずふるさと温し
村人に守られし墓の供え花語るがごとし春の陽を浴び
ふるさとも新道開通信号も夕べ点滅変わりゆくなり
涼風を求めて読書す宮の森台風被害で明るさ寂し

札幌の兄を訪ねて

札幌に一人居の兄訪ねし日心は逸《はや》る飛行機の中
八十二歳七十七歳の兄妹の集いの鍋の湯気まで仲間
足摩《さす》り背中流して声を掛け一人居の兄笑顔の嬉し
母親の得意のささげの胡麻和えを喰みつつ父母の話は弾む
南国に住む我なれば涼風は楽園の風札幌の夏
福岡に住む我なれど札幌の気温気遣いテレビに見入る
杖をつき街の人等と語り合う兄見て嬉し笑みつつ目礼
「今度再度《また》必ず来る」とタッチして若者風に別れを告げる。

平成二十四年十一月号

月

平山がシルクロードで見し月は冴《さ》え冴《ざ》えとして祈りの深く
兄妹も栗名月を眺めつつそれぞれの地に父母を想ふか
山里に登りし月に我抱かれ深く息して心安らぐ
娘《こ》は仕事帰宅うながしせわしげに孫はゆるりと月月《マンマン》と指す
孫の夢宇宙船の飛行士と月に降り立つ夢を語りぬ
月に合う花はススキか菜の花かあれこれ添えて想ふも楽し
ふるさとの言葉優しく懐かしく月に向かひて「おばんです」
月の夜稲田の畦をヒタヒタと裸足で語りつ若き日君と

平成二十四年十二月号

気づき

娘《こ》の身長三十過ぎても伸びるのか我が背の縮み気づきて可笑し
孫育て言葉足らずもただ愛し我が子育てに気づかず悔し
一雨《ひとさめ》に立ち上がるほど草繁る寝たふりかやと気づき逞《たくま》し
食べて寝て歩いて語るはあたり前その尊さに気づく老いの日
老いるとは時の流れのゆるゆるとその豊かさに気づき嬉しや
ふるさとの景色テレビに写る時大声《こえ》あぐる我に気づき驚く
ほたほたと煮る大根や牛蒡の香その美味しさに気づく歳月
虫の声夏の終わりと気づく時楽隊つきで秋は到来

平成二十五年一月号

兄妹

平成二十五年二月号

愛読者カード

このたびは小社の本をお買い上げ頂き、ありがとうございます。今後の企画の参考とさせて頂きますのでお手数ですが、ご記入の上お送り下さい。

書 名

本書についてのご感想をお聞かせ下さい。また、今後の出版物についてのご意見などを、お寄せ下さい。

◎購読注文書◎

ご注文日　　年　　月　　日

書　　名	冊　数

代金は本の発送の際、振替用紙を同封いたしますのでそちらにてお支払いください。
なおご注文は TEL03-3263-3813 FAX03-3239-8272
また、花伝社オンラインショップ https://kadensha.thebase.in/
でも受け付けております。（送料無料）

郵便はがき

料金受取人払郵便

神田局
承認

1238

差出有効期間
2023年1月
31日まで

101-8791

507

東京都千代田区西神田
2-5-11出版輸送ビル2F

㈱花　伝　社　行

お名前《ふりがな》 お電話
ご住所（〒　　　　　　　） （送り先）

◎新しい読者をご紹介ください。

お名前《ふりがな》 お電話
ご住所（〒　　　　　　　） （送り先）

亡き長男《あに》は父母の愛やら夢を受け兄妹なりしも風格は主
次兄《あに》我に音楽・映画・読書など楽しみの道導き給ひし
幼児の長女《あね》を亡くせる父母は面影語り我を育てぬ
三女《いもうと》は農家を継ぎてふるさとに穏やかにあり父母のごとくに
幼くて逝きし三男《おとうと》父母《ちちはは》は「いつか逝くぞ」と骨壺を抱く
病得し四女《いもうと》なれど気品持ち家族の愛に囲まれ暮らす
幼時《おさなじ》に返事の可愛い四男《おとうと》よ七十近くも優しい声に
五女《いもうと》は幼きものと思いひしが齢《よわい》重ねて我を敏《さと》しぬ

平成二十五年三月号

あけび大会に参加して

夜汽車にて「我が母の記」の短歌《うた》読みて親子の情に揺れつつ家路
己にて終《つい》の棲家《すみか》を決定し短歌《うた》その清しさにたじろぐ想ひ
ローレライ唄い響かせ歌友《とも》はみな「今青春」と晴れやか笑顔
石舞台其《そ》にあるだけで語り継ぐ税普請と聞けば頷く

飛鳥寺佛像静かに右左《みぎひだり》厳しさ優しさ座して伝ふる
ふるさとの飛鳥神社は奈良よりの勧請《かんじょう》なると神主の説く
ふるさとの村の行事《なりはい》この地より伝わるを知り暮らし厳《おごそ》か
帰り着き案内書《あないしょ》再度《さいど》に読み深め楽しさ胸に刻みし今宵

大根

軒下にゆらりゆらゆら干し大根冬の陽を浴び身を細めゆく
おせちには紅白膾《なます》の大根の白さ歯ごたえ絶品の味
おでん鍋ふっくら煮込んだ大根をふうふうと喰む夕餉おだやか
サクサクと大根刻み寒風に曝す切り干し出来合ひ旨し
採りたての大根おろしを朝食に「野菜の刺身」と家族に供す
大根の間引き菜さっと茹でこぼし豆腐油揚げ炒めも美味し
大根は野菜の消費量日本一聞けばうれしや王者の野菜
味もなく真白き大根それぞれの野菜ひきたて威厳のありて

平成二十五年四月号

色

平成二十五年五月号

人参の野菜の赤さ色めきてチラリ顔見せ料理に艶出す
道の端に彼岸花咲く朱《あか》き色土の中から何故にあの色
色合いの無きがごとくの野良着にも洗いざらいの絣の冴えて
色恋も知らぬはずの柿落ち葉大地に抱かれいのち育む
和服着る帯や帯止め色合いを確かむ吾娘《あこ》の仕草の優し
色紙書くいつもと同じ「ひと皿の料理にいのちの種を宿して」
いろいろのことがあるのが人生と母の独言《くりごと》ふと胸に湧く
色めいた言葉遊びも卒業し健やかなれと祈りはひとつ

封筒

実家《さと》離れはじめて届く父の文封筒破りわなわなと読む
十年も記念切手を封筒に文くれし人背の君となる
メール打つ若人達よ封筒をポストに入るるときめき知るや
百姓に明け暮れし年封筒に稲穂忍ばせ友に文書く
老い母は封筒入れずちり紙にお金忍ばせ「小遣いにせよ」と
教え子のいのち支ふる文を読む封筒取り出し再度《また》読み深《ふ》ける
来年に咲く花想ひ封筒に花の種入れ縁側遊び
お年玉孫を想ひてあれこれと封筒選びも楽し年の瀬

平成二十五年六月号　78歳

菜の花

平成二十五年七月号

菜の花の咲ける丘越え合唱《うた》いあい同級生《とも》と旅往《ゆ》くチェコスロバキア
棚田には菜の花の咲き桜路遍路往き交う我が町篠栗《ささぐり》
戦後直ぐ菜の花を植え油取り子等いのちを育みし母
菜の花の蕾摘み取りさっと茹でからし酢味噌は春を呼ぶ味
ひと抱え菜の花を摘み大甕にどーんと投げ込み春遊びする
さざ波のごとく菜の花咲き揺《ゆ》れて春呼ぶ風よ木々を目覚ませ
菜の花の歌をのどかに我歌う孫もゆるりと笑みつつ歌《は》る
菜の花の咲く季節《とき》なればおだやかに花曇りなど言葉ものどか

息

我知らず息する息は我が命育みし事ふと気づきし日
木も草も花も蝶々もみな同じ息して生きる我等兄妹
春来れば土の中に息させる「春耕」農婦の姿優しも
母の手を握りつ逝けるは幸せと息ある父の最後の言葉

平成二十五年八月号

初めての子育ての日々息子《こ》の息に知らず知らずに息合わせおる
息のあふ友との語らひ晴ればれと心の幕を開け放つごと
ふるさとが雪国なれば幼な時に息弾《はず》ませて橇《そり》遊びする
息合わせ餅搗く暮れの大行事ペタンペタンと相の手を入れ

平成二十五年九月号

一年生

孫は行く黄色い帽子にランドセル弾む足どり一年生よ
入学式黒の絵羽織息子《こ》と並び一年生の母の歓び
誕生日七十八歳の今日の日は一年生よ初めての日よ
メールする「母の日」迎える甥姪に母亡き日々の一年生よ
新米の一年生の教師我いまだ忘れぬ教え児の瞳《め》を
梅雨入りを一年生のごと告げまくる庭に花咲くどくだみの花
七十を越へてすべてに感謝して楽しみ深し一年生よ
いづれ逝く「あの世」の不安想えどもみんな同じか一年生よ

血圧

朝な朝な計りし血圧波のごと気に入る数値いそいそ記《しる》す
麻痺の身を愚痴《ぐち》も言わずに二十年母を想えば血圧怖し
母親の法事に集う姉妹みな血圧薬飲み忘れ問う
血圧を思い散歩に励む身も減量ならず出るは溜息
血圧を気にし食事や運動を暮らしの柱宝箱かも
血圧で麻痺せる体厭《いと》えども心の痺《しび》れ気づかず悔《くや》し
血圧の母の病を知りてより街往く人に優し瞳生まる
血圧はいのちの流れの太鼓かな破れずゆるりと響けと祈る

平成二十五年十月号

随想

あけび平成二十五年十月号掲載

語らぬ言葉

私は山形県庄内の農家の娘として生まれた。父母は九人の子に恵まれたが、姉弟は幼くして逝き、七人の子を育てた。

向学の志の成らなかった父は、戦後、貧しい中で長兄を医学の道に進ませるなど、私達を進学させてくれた。思春期にはそれぞれが父に反抗の言葉を投げかけたが、「無い袖は振れぬ。大人になれば分かる。出来ぬ事は出来ぬ」と、多くを語らなかった。

私の育った昭和の初期は、テレビもラジオもストーブもなかった。冬の朝は、母が一番に起きて囲炉裏に火を焚き、温かくなった頃「起きてもいいぞ」と声がかかり、囲炉裏のそばで着替えたものだ。

その声を待つ間、父はまだ読み書きも出来ない私達に昔話を語ってくれた。父は歌の部分は抑揚をつけて語った。

昔話の中に、娘三人を持つお爺さんの話があった。山で難儀な仕事をしているとき「この仕事を手伝う人がいたら娘を嫁にやるのに」と呟いた。それを聞きつけた猿が手伝った。上の娘も中の娘も嫁に行かぬと言ったが、下の娘が行ってもいいと言った。餅を搗き臼を背に山路を下りて来ると、山桜がきれいに咲いていた。娘が「きれい」と呟くと、猿は一枝折ってやろうと荷を背に木に登った。「この枝がいいか」と問うと「もっとしんぺ」と上の枝を指した。どんどん上の細い枝に上りつめた時、枝が折れて猿は沢に落ち「猿沢に流るる命は惜しぐなけれどもあどに残りし姫をおしからん」と唄いながら流されて行ったという話である。今思えば短歌に出逢った最初であった。

春には「七重八重花は咲けども山吹のみのひとつだになきぞかなしき」との歌も聞いた。その背景は大人になってから知ったが、子供の頃はリズムと描写で、山吹の花がさく時期には自然に口ずさんでいた。

大きい兄は陸軍士官学校、小さい兄は海軍兵学校に送り出した冬の夜、父は母によく本を読んであげていた。母は昼の農作業で疲れて、弟に乳を飲ませつつ、コクリコクリとしていた。高山樗牛の「滝口入道」の話であった。幼かった私は、大人の恋物語は聴いてはいけない気がして、炬燵に潜り込み、寝たふりをして聴いていた。恋人横笛が亡くなり、土饅頭の前に立つ情景を聴いた時、かわいそうになり、声を出して泣き出してしまった。叱られるかと思っていたら「せっかく読んであげているのに、母さんは眠ってしまって、お前が聴いていたのか」と父は言った。郷土の作家の難解な文章も、父の読み語りで、低学年の私の胸にも届いていたのである。

終戦を迎え、新制中学に入り、実験道具も本もない時代に、理科の先生が黒板に「久方のひかりのどけき春の日にしづ心なく花の散るらむ」と書いてくれたのを思い出す。

高校に入り、国語の時間に色々の短歌に出会い、胸の中に花が咲く気がした。朝日新聞の歌壇等読むのが楽しみであった。

七十代に入り「あけび」の歌友となり、語らぬ言葉の深さや思いを伝える楽しみを見つけ、仲間と共に短歌の道に精進している。

八十歳近くになり、「大人になれば判る」と、多くを語らなかった父の言葉に深く頷きつつ、父の思いの深さがやっと少しずつ判りかけたような気がする日々である。

平成二十五年十一月号

笑み

義姉《あね》逝きぬ子や孫達の笑《え》み胸に冥途の兄と何を語らん
教え子の僧の見送り義姉《あね》受けて遺影の中の笑みは見守る

一月《ひとつき》に二人の義姉を見送りて笑みを忘れし日々に気づきぬ
年重ね見送る人のあまたいて「またね」の時は笑みを添えたし
電話口大き声にてあけすけに語るを聞けば笑みの見ゆるぞ
嬰児《みどりご》のほやほやほやと眠りつつ笑むを見つめて心豊かに
亡き母の明るき笑顔思い出づ収穫の日は声も晴れ晴れ
兄上の笑みを見たくて年一度両手合わせて札幌に発《た》つ

平成二十五年十二月号

傘・笠

農婦母九人の子等の飢え守り傘となりての日々の暮らしよ
十歳で核の傘なる原爆を目に焼きつけぬ永久《とわ》に平和を
北海道群れなし繁る蕗の傘コロボックルの居るやに見ゆる
稲杭に傘さし掛けて乳児《こども》寝かせ母汗だくで稲刈り進む
幼児に男の笠を被せては田んぼ道行くきのこのように
女笠絣のふとんに赤い紐新妻らしく野良着も洒落《しゃれ》て

唐傘や蓑帽子など雨の日は学校通ひも難儀な昔
みちのくに育ちし我は日傘など馴染《なじ》み少なく夫に贈らる

満腹

テレビ見てカレーを食べて孫達は「満腹だあ！」と座敷で相撲
田植ゑ時畦に並びて紫蘇・黄粉にぎり飯食べ日向《ひなた》満腹
帽子決め杖を友とし山歩き笹の葉音にさわやか満腹
母の夢ゆるり見し日は朝一番元気に挨拶笑顔満腹
一人居の午後にのんびり長電話心通ひて会話満腹
ふるさとの山に抱かれて訛《なま》り聞き心も解けて満腹三昧《ざんまい》
絞るほど汗を出しつつピンポンに興ずる体は運動満腹
「ありがとう」言ひつつ逝きたしその日まで全力疾走満腹生涯

平成二十六年一月号

朝散歩

六時前味噌汁・洗濯なし終えて「さあ出発」と靴紐結ぶ
今日の日を祝ふがごとく薔薇色の雲仰ぎつつ散歩は楽し
目礼や挨拶交わす日々を経て笑顔繋がる散歩友達
山峡に音楽流れ人集ひ体操楽しおしゃべり楽し
早苗田に波打つ稲も刈り上げて野菊の咲きし棚田の散歩
朝の陽を浴びてすすき穂銀色に感謝・祈りを誘ふがごとく
ノルデック・スロウジョギング折り混ぜて貯筋に励む散歩は楽し
ほの暗き朝の散歩も怖さなく明けぬ朝なし信頼あれば

平成二十六年二月号

耳

罵《ののし》りの言葉を吐けば我が耳が最初に聴きて心乱るる
愛《いと》し児の耳に囁く子守唄ゆるり唄ひつ我もまどろむ
言葉には出さぬ言葉の母の声耳聴きつけて見送りを背に
我が耳に触れつつ母乳を飲む児あり確かめにつつ眠りに入る
子育ての頃の泣き声ふと耳に我が児の声かと胸さわぎする
他の人に言わぬを信じ人びとは悩み苦しみ我が耳に告ぐ
文字さえも知らぬひとびとその知恵を耳に残して今に伝ふる
ふるさとの訛りは耳に残り居て父母の遺せし貴き財産

平成二十六年三月号

白

平成二十六年四月号

復員後長兄《あに》白飯を捧げ持ち「ああ白い飯」と驚き給ふ
バリバリの白き野球着惜しげなく滑り込みする熱血甲子園
「白い雲流れてるね」と声出して誰かに告げたき今日の青空
雪景色取り残したる柿ひとつ白い帽子で雀と遊ぶ
元旦は白き紙なり夢・希望想いを抱き厳かな日よ
黒白の碁石のオセロ読み深し孫に勝利を取られっぱなし
空の青海なほ青し広々と磯辺に寄する細波白し
白布に吸い取るごとく幼児は我の仕草を素早く真似る

平成二十六年五月号

幸せ

嬰児の菜の花色の便を見ておむつ広げて幸せにをり
不安なく駆け寄る愛し児抱き上げて宙に舞わせて笑みあふ幸せ
ふるさとの新米炊きあげ輝る艶「いただきます」と幸せ溢れ
庭の柚子風呂に浮かべてゆうらゆら体もゆれて幸せ長者

陽のあたる廊下に「パチン」と爪を切る梅の香流れ幸せな時
加山さんの「しあわせだな！」の唄聞きつ私もなんだか真似たくなる日
山路行きせせらぎの水掬《すく》い飲みその冷たさに幸せ笑顔
幸せは何処にあるやと思える日老いを重ねる秋の夕暮れ

ひとくち

平成二十六年六月号 79歳

ひとくちのジュースの残り確かめて「兄ちゃんの分」と幼児《おさなご》は言ふ
出来たての朝の味噌汁ひとくちを飲みつつ今日の段取り思ふ
ふるさとの一口サイズの民田茄子漬けもん想ひ母を偲びつ
始めてのひとくちほどの離乳食子に喰《は》ます時吾《われ》も口開け
病む母は茶碗蒸し食べほんのりとそのひとくちに笑みて頷く
津軽より採りたてりんご送り来るひとくちごとに香り広がる
ふるさとの食用菊の「もってのほか」ひとくち食べて秋の味知る
罪のごとおいしいものを食べるとき父母にひとくち「食べさせたかったあ」

家

平成二十七年七月号

夕暮れ時車窓に流るる家々の灯《あかり》の下に家族集ふや
「ただいま」と駆け込む家あり「おかえり」と迎ふる言葉にはじくる笑顔
棟上げの「餅撒き」笑顔の家主あり声高らかに槌音響く
氾濫し家流し行く最上川屋根に叫びし人影忘れじ
ふるさとは家鍵はなく窓開けて涼風を呼び蚊帳《かや》でまどろむ
ふるさとの父母亡き家に帰り着き夕餉の皿になつかしさ湧く
なんとなく立ち寄る家の戸を開けて笑顔沸き立ち話は弾む
山ほどの言ひたきことはあるけれど山辺の家のごとく黙しぬ
家制度変わりて増ゆる一人居に驚きつのり生き方問われ
家の辺に来春に咲くチューリップ植えつつ想ふ孫達の笑み
茅の屋根村人総出で普請する家の暮らしも昔話か
「家の味」云われるほどに手前味噌作りつづけていのち支ふる

ほんのり

ほんのりと恥じらふごとく紅を差すりんご花咲く岩木山背に
農婦母滴《したた》る汗が化粧水口紅ほんのり棺の中に
里帰り出発の朝ほんのりと温さ残れる布団を畳む
息子《こ》の門出ほんのり温きおふとんに顔を埋めて前途を祈る
ほんのりと頬を染めつつ空手術きりりと見せる孫の瞳涼し
ほんのりと想ひあいつつ離れゆきし青春の日を目細め偲ぶ
ほんのりと温さ残れるお弁当五つ並べて朝餉に誘ふ
ほんのりと生きる哀しみ胸に秘め八十の坂今越えんとす

平成二十六年八月号

ひと言《こと》

平成二十六年九月号

「ありがとう」そのひと言で温かな花胸に咲き穏やかに生き
「ごめんね」とそのひと言が届かずに胸の奥底こだわり解けず
夫や子に「生きて還れ」とひと言を云へずに征かせし母は寡黙に
何気なく云われたひと言我が生に寄り添ひ支え貴き宝
「旨いなあ！」そのひと言にときめきて朝餉夕餉にいそいそ励む
「ありがとう」そのひと言を告げずして逝かれし人に今伝えたし
野辺の花風に揺れて「元気出せ」吾にひと言声かけて咲く
「死は怖い」そのひと言を胸に秘め花や空など詠《よ》みつつ生くる

折々のうた

平成二十六年十月号

楽しくてただ楽しくて楽しくて修学旅行の枕の投げ合ひ
満月に団子喰《は》みつつ人を恋ふ親族《うから》彼の地でこの月見るや
彼岸花亡母《はは》がひょっこり訪ね来て励ますごとく畦を彩る
山・川を問われ鳥海・最上川湧き出すごとくふるさと浮かぶ

ほがらかに息子《こ》は嫁のもの孫さらに娘のものと友は語れり
津軽路でタクシー乗ればとつとつとふるさと自慢の観光大使
友は逝くメールアドレス消しがたく叩きし胸の広く深くて
札幌の独り居の兄八十四感動多く生き方上手

云はずして

云はずとも分かりあえるが夫婦かと思ひて嫁ぎし夢のまた夢
云はずとも味噌汁漬け物母は成す暮らしを見せて吾を育てぬ
幼児の瞳や動きを読みとりて云はずの言葉で我母となる
八十路なる夫婦は云はずの言葉持ち判じあひつつ老いて長閑に
云はずして支えあひつつ生きし友云はずに逝かれ溢るる言葉
経を聴く意味わからずと云はずして黙しみんなで亡き人偲ぶ
戦争の惨《むご》さ空腹《ひもじ》さ身に滲みて云はずにをれぬ命のかぎり
平和こそ云はずに続くものでなし変化の兆し許容す勿れ

平成二十六年十一月号

あけび

あけび誌の届く月末耳澄ましバイクの音をときめきて待つ
あけび誌に投稿の短歌《うた》整えて嫁がすごとくポストに祈る
逢ふこともなきあけび誌の短歌《うた》仲間「やあ！」と声かけ頁をめくる
無花果《いちじく》やぐみや柿など庭の果樹あけびの甘さ品よく嬉し
あけび誌の歌友と腹割り語りあひ種まで見せて短歌《うた》は続くよ
つれあひを見送る短歌あけび誌に支への深さ心して詠む
あけび誌の歌友となりてぞ草花が我に声かけ暮らし彩る
日々《にちにち》の暮らしの短歌をあけび誌に我が生涯の一つの柱

平成二十六年十二月号

私の選ぶこの一首　**武藤富美選**

平成二十六年あけび十二月号掲載

我が子らに残したきもの遺言書の定型通りの文字のみにあらず　高橋良子 作

この広い地球に一坪の土地も一枚の株券も持たぬ主婦の身、書き記す財はなくとも、生涯かけて子等の命を守る食に明けくれ朝夕子等の身を安じぬ日はない。文字にできない想ひが、ひしひしと伝わってくる。エンディングノートを息子に贈られたが、伝えたい想いが多く、空白の儘《まま》である。文字などなき親の思いを、八十歳にして理解し想い出す歌である。

未来

未来あるこどもに関わる仕事して我も未来に生きる心地す

平成二十七年一月号

未来ある生きる体の糧《かて》なれと食材選びも楽し献立
幼時に敗戦を知る我が世代未来に生きるは平和とこそ知れ
妻や子の未来を守ると征く兵に戦《いくさ》は生きるを閉じるものとぞ
未来ある子等に残せる生きる技我が生涯にありやなしや
朝な朝な咲きし朝顔秋迎え種に未来を託して枯れる
札幌や青森までも飛行機でこんな未来があるとも知らずに
先人が未来を想ひ残す技そに囲まれて感謝し暮らす

平成二十七年二月号

幸せ

朝焼けを我がものとして散歩するこの幸せを分けてやりたし
仰向けで鰯雲見る秋の空この幸せに変わるものなし
億を越す人の中からめぐり逢ふ夫《つま》なる人ぞと幸せ説く師
別れ酒酌み交わしてぞ逝きし師と幸せ出逢ひ六十年経つ
四人の子我を母とし育てあげ未熟さ補ひ幸せ授く

発熱でぐずる我が子を抱きかかえ腕白こそは幸せな時
陽《ひ》時計や腹時計にて生きし日々亡母《はは》の暮らしの幸せ想ふ
藻の中をスイスイ泳ぐ魚たち君の幸せ私は知らぬ

予感

さはやかな目覚めの朝は幸せの波の寄せ来る予感のはじまり
里帰へり強く打ち振る母の手に別れの予感背に感じつつ
箸揃え夕餉整え靴音が予感的中笑顔溢るる
緑なす楓の葉先のさ揺れつつ秋の紅葉の予感奏《かな》でる
天空に舞ひ昇る時ひめやかに生涯◯《まる》とつぶやく予感
身ごもりて胎内からの糸電話予感語りつ十月《とつき》暮らしぬ
手づくりの味噌に日付を書き込めし香る予感に瓶撫でさする
話してもわかりあえずの予感して齢《よわい》重ねて侘しさつのる

平成二十七年三月号

現代秀歌鑑賞　平和あってこそ命は守られる

平成二十七年三月号

徴兵は命かけても阻むべし母、祖母、おみな牢に満つるとも　　石川百代 作

国民学校四年で終戦、教科書墨塗の日々、五年は新聞紙のような物を自分で切り綴じるのが教科書。新制中学ではモッコ担いで運動場造りが体育の授業。

新制高校では図書館もあり、国語の時間に若山牧水の幾山河越え去り行かば、斉藤茂吉ののど赤き玄鳥、石川啄木の東海の小島の磯の等の短歌を学んだ。夢と希望の十五歳の青春、人生にこんな寂しさがあるのを知り、リズミカルに詠いあげ、心を解き放しているのに感動した。興味を持ち新聞の短歌欄を読み続け前述の歌に出会った気がする。

戦争は兵隊さんだけでなく、女、子供も巻き込まれる事を体験し、日の丸の小旗を振り兵隊さんを送った少国民として、自分がなすべき事や生き方を問われる気がした。刑務所の窓からの描写郷隼人の歌も記憶に深い。作者は当時七十五歳七人の子の母、主婦と今

知った。私は七十代であけび誌に逢い今こそ出来る短歌を楽しみつつ精進の日々である。

平成二十七年四月号

ふりして

八十を超して生きれば時々は元気なふりして我を励ます

木の葉すし旨いふりして幼児とままごと遊びも楽しき縁側

はらわたを洗濯したくなる日あり気づかぬふりして夕餉整ふ

嫁ぐ朝よろこぶふりせし母の顔今こそ分かる親の気持ちを

薄味の料理旨そなふりをして体気遣ふ気持ちに感謝

父母《ちちはは》の親の愛こそ身に染みて夫婦の睦み気づかぬふりを

たどたどしく言葉覚えし小さき児を気づかぬふりして膝に抱き込む

飯粒を気づかぬふりして拾いつつ級友《とも》を労る教え児愛し

へいへいと

平成二十七年五月号

あれこれと思ひ出せずの言葉たちへいへいへいとゆるり付き合ふ
若者と語り合ふうち寄り添えずへいへいへと話題を譲る
父親の頑固な哀しみ今ならばへいへいへと分かり合えたに
いつの間に「こんなに大きくなったのね」へいへいへいと大根を抜く
心してつれづれ草を読み進むへいへいへいと変わらぬ人の世
楽しみは千差万別あるものねへいへいへいと我が道を行く
花ならば大きも小さきも咲き誇るへいへいへいと我が花咲かす
へいへいと解かれぬままの重み持ち胸奥深く持ちつつ生きる

クレヨン

平成二十七年六月号　80歳

母や妻、友やおばちゃん綯《な》い交ぜてクレヨンのごと人生彩る
たどたどしき幼児の描くクレヨン画壁に貼り付け頷きつ見る
朝焼けは色鮮やかなクレヨンで描きしものか祈りを誘ふ
戦時中十二色のクレヨンをもったいなくて使いきれずに
いろり火に人寄せ付ける炎見ゆ神の描きしクレヨン色か
ハネムーンクレヨン忍ばせ湯布院を歩みし路ゆく金婚の旅
クレヨンを卒業の後水彩に一歩大人に近づく気持ち
みちのくの山クレヨンを持つごとく峰より色づき紅葉に映えて

投げる

平成二十七年七月号

八十の親にかけたる投げ言葉我が身に受けてその痛さ知る
投げやりな言葉を吐きしわびしさにやさしき想ひふつふつと湧く
断捨離と思いて投げる物選び想い出深くたたみ直しぬ
五月晴れ早苗を投げるこども達家族総出の田植えなつかし
投げ合える言葉を持ちし友と逢ふ広く温か胸を求めて
最上川石を選びて投げ遊ぶ水面のしぶき技《わざ》競ひあふ
収穫の稲穂投げ上げ倉満杯父の力を見とれ手伝ふ
最上川父の投網で鮎大漁家族総出でいろり火で焼く

体重

体重計見つめ直してなほ見れど六十キロ越し出るは溜め息
場所を変え乗り直しても変わらずに素直なる君体重計よ
若き日に学びの日あり栄養士我が体重は健康体重？
体重を支える脚を撫でさすり「ありがとさん」と労《いたわ》る夕べ

平成二十七年八月号

独りごと「このひとくちが豚のもと」呪文となへつつ食ぶる幸せ

ピンポンや散歩などして食楽し見ぬ振りをする体重計よ

痩せぬのは病の無きと自己診断テレビ料理に体重忘れ

「一皿の料理にいのちの種宿して」我の墓石に刻みし言葉

息子夫婦の新居訪問

平成二十七年九月号

息子《こ》夫婦の新居祝ひ旅せり老夫婦手を振り笑顔に迎えられたり

二十歳《はたち》すぎ巣立ちし息子は東京へ新居持つまで闘いの日か

新居持ち借金王かと案ずればローンと言ふよと諭す息子は

嫁《こ》の料理に夫と息子はほろ酔ひて互いの立場労り語る

猫歩む十三階の手すり見る窓を開ければスカイツリーが

懐かしき目白の母校に案内さる八重桜咲き五十年ぶり

鬼子母神へ荒川までの電車にて都会の人の暮らし垣間見る

荒川の「尾花」のうなぎを共に喰む「食べさせたかった」と笑まひつ語る

三瓶の友を訪ねて

平成二十七年十月号

九十の翁と媼満面の笑顔で待てり声なく抱擁
押しずしと山菜料理と満杯の笑顔添えられ再会に酔ふ
財なくも友に恵まれ我が人生幸せだったと友は握手を
打ちたてのそば茹でたてに揚げたてと家族総出のふるまひそばよ
山陰の特急列車人まばら緑の風切る御召列車か
九十の翁の語る新婚は恥ずかし嬉しと今も頬染め
万葉の人麻呂詠みし浮布池碑の前に立ち繋がり想ふ
島根人《しまねびと》心優しく温かく再訪を期し笑顔の涙

平成二十七年全国大会投稿短歌

夢

「ただいま」と帰る夢持ち学びおり「すまぬごめん」と家路を急ぐ

平成二十七年十一月号

末娘嫁ぐ

赤飯と鯛の塩焼き紅白の膾《なます》の朝餉《あさげ》旅立ち祝ふ
父と娘はバァジンロードの前に立ち息を整え静かに進む
純白のドレスを纏《まと》ひ頬染めて夫なる人に寄りそひ歩む
神妙にネクタイ締めて孫達は祝宴盛り上げ笑ひ零るる
樽酒の鏡開きが初仕事和服姿で声援《こえ》に合わせて
蔵人の酒造り唄威勢よく祝ひの囃子《はやし》に宴はたけなは
生れし日が雪の日なりき忽然と次から次へと想ひ沸き出づ

平成二十七年十二月号

この道は娘《こ》の行く道か野辺に咲く花よ時折匂ひ励ませ

砂川事件（夫の青春）

農学徒農地を守る闘ひを支えんとして砂川に立つ
スクラムは気づかぬ内に基地内に写真撮られて被告となりぬ
学友《とも》集ひ「武藤返せ」とバス連ね歌声届けと心ひとつに
九条の真《まこと》を告ぐる伊達判決生くる柱の支えとなりて
農学を学びし学生《とも》と語り合い楽しき日々ぞ宝を胸に
マッカーサー・田中・藤山の密約を公文書館より新原氏見つく
密約で裁かれしを知り再審の炎を胸にいのちのかぎり
霞が関無念を晴らす意見書を夫の目となり粛々と読む

八十歳

平成二十八年一月号

八十の橋を渡りて見えること分かることあり支えに気づく

八十を越してさらりと生きし人暮らし技《わざ》持ちすごさ明るさ

八十を超して生きれば感冴えて聴こえ感じる豊かさ満ちて

野辺に咲く花それぞれに季節《とき》を持ち歳を数えず咲きしに気づく

八十を超して手に取る色彩《いろどり》は赤やピンクに明るさ求め

八十を超えたる人は千万人敬老の日に生き方問われ

八十歳妬《ねた》まず驕《おご》らず謙遜に生くる技をと惑ひつつ暮らす

両親《ふたおや》の年越え生くる八十代平和こそはと言わずにおれぬ

山

平成二十八年二月号

ふるさとの鳥海山に見守られ仰ぎ育ちし幼き日々よ
月山は厳かにして穏やかに最上川抱く神々の山
羽黒山修学旅行で階段の絵文字探しつ友とのぼりぬ
津軽人《つがるびと》お岩木山と崇《あが》めをり我が青春を見守りし山
八甲田これぞ極楽紅葉を児らに教えて笑顔弾《はじ》けり
朝散歩若杉山に挨拶し語りつつ励む祈りを込めて
我が書きし人麻呂の歌碑三瓶山背にゆるり建つ人待ち顔に
富士山の見えし旅の日声あげて嬉しみにけり幸せいっぱい

友

「忘れる」を年重ねての友としてゆるりつきあひ長閑《のどか》に暮らす
親や子と年月暮らす日々よりも兄妹長く側にいる友
花のごと友さまざまな色彩《いろどり》で我の暮らしに香りを運ぶ
友といふ真柄でをれぬと唐突に告げて寡黙なプラットホーム

平成二十八年三月号

友想ひ電話の声に励まされ我が寂しさに気づく夕暮れ

微笑めば幼児駆け寄りタッチして友と思ふかバイバイをする

医者の友認知症の兆しありこれが最後と電話の便り

秋の朝友との別れかはらはらと手を振るごとく落葉《らくよう》は舞ふ

完敗

フラフープ孫に誘われ挑戦す腰はふらつき我は完敗

剣玉を見事に捌く孫の技真似て及ばず完敗嬉し

清し瞳で孫凛として空手術真似さえ出来ず完敗完敗

パソコンは文綴るのが我の技世界を繋ぐ息子《こ》娘等に完敗

八十を越して生くれば完敗も新たな芽吹き暮らしのどかに

子の育ち背を屈めつつ完敗の振りして育て拍手を贈る

梅干しや味噌つくりなど年重ね完敗はせず我の楽しみ

父母の遺しし我のからだなり散歩楽しみ完敗はなし

平成二十八年四月号

約束

「パパママに秘密にしてねと」小指だし約束迫る孫のひめごと
手を振りて兄の征く日の見送りは「平和を守る」我の約束
偉さやら立派さなどはなけれども恥じることなき生きる約束
梅実る梅酒・梅味噌・梅醤油ひとつ残さず活かす約束
茜さす夕陽は明日を約束し今日の感謝を胸にたたみし
胡麻よりも小さき種をば地に託し太く育てと祈る約束
百姓は祈る約束多くあり雨・風・日照り育つ要に
人様に迷惑かけずに生き抜けと約束の糧《かて》日々に喰《は》ましめ

平成二十八年五月号

暮らし

無き物を数えて暮らす日々よりも有るもの生かす工夫楽しむ
茅屋根を無くしし暮らし選びしも便利さ何かと問ひつつ生きる
息をするただ息をする暮らしあり目元で繋がり支え合ふ日よ
飯を喰う毎日毎日飯を喰うそんな暮らしが農家と繋がる
星や月見られぬ暮らしに幸せはありやなしやと問ひつつ生きる
幼時に「暮らしは低くも想ひは高く」兄の言葉を復唱をする
経済や利便さ早さ求めすぎ行き着く先の暮らしはいかに
「雨の日は雨を楽しみ晴れの日は晴れを楽しむ」暮らしの中に

平成二十八年六月号　81歳

一生もん

平成二十八年七月号

嫁入りの母の着物は「一生もん」箪笥の中で我を見守る
師の夢を見し朝強く起き上《あ》がり「一生もん」の出逢ひ歓ぶ
朝夕に磨く我の歯「一生もん」きれいに生きよと我を励ます
ふるさとの訛り言葉は「一生もん」思はぬ時に飛び出し慌て
囲炉裏《いろり》火と炬燵《こたつ》で暮らす雪国の温さ懐かし「一生もん」よ
味噌汁をトントントンと創る手は「一生もん」の技と知恵なり
父母《ちちはは》の働く姿は「一生もん」写し絵となり我も子等にと
無い袖は振れぬと父母は分限を「一生もん」の言葉残して

芽

平成二十八年八月号

草達は頼まれもせず芽を出して名のなき草なくそれぞれに咲く
春来れば玉葱じゃがいも芽を出して我が身を絞り子孫を残す
窓辺には歯ブラシ二本ツンと立ち家の芽吹きか新婚の朝
言葉なき幼児抱き上げ見つめれば信頼の瞳《め》で親の芽育て

老い重ね若き芽見つけ誉めあげて育ち見守り繋がり想ふ
柔らかき蓬の芽摘み春彼岸ぼた餅供え祈るひととき
満開のつつじの垣根来春の花芽を宿し風にさ揺れる
鶯の声聞きながら木々芽吹き胡蝶花《しやが》の咲く山路登りぬ

靴下

滑り止め付きし靴下履《は》きて立ち大地踏みしめ喝采を受く
靴下も履かずに裸足で下駄履きで遊びし日々は遠く遥かに
靴下を夜なべで繕ふ母の背は戦後暮らしの母の写し絵
ストッキング初めて履きし朝なれば頼りなくとも大人ぶる我
女子高生白き靴下清楚にもずんだれにも履き折れ目で洒落《しやれ》っ気《け》
元旦に新しき足袋に小躍りす靴下履きし日想ひだせずに
靴下を二枚重ねて履き心地試して良しと「さあ山行きだ」
四人の子サンタ信じて枕辺に靴下並べて早めに寝入る

平成二十八年九月号

ほんたうの

ほんたうの事など言えず木や花の話などしてまた汽車に乗る
父母《ちちはは》のほんたうのことこと聴かずして逝かせし後に想ひは深く
新緑の森を歩きてほんたうは秋も好きかと木々と語らふ
小さきこと幸せを見る我が暮らしほんたうのこと子等は知らずや
ほんたうと信じて生きた戦争《いくさ》の世見る瞳変われば裏あるを知る
ほんたうのことも言えずに理解をと我の奢りを天は見通す
ほんたうの言葉はひとつ「ありがたう」素直に言えればいのち輝く
親子二代テレビ料理の先生はほんたうに似てる言葉や仕草

平成二十八年十月号

金婚の宴

両親《ふたおや》の訪ふこともなき遠き国嫁ぎてもはや五十年経つ
子ら達が半年かけて練り上げし金婚の宴今咲かんとす
夫唄ふ知床旅情を晴れやかに孫正座して聴き入る愛し
息子《こ》の問いに「富美さんと出逢ひ大満足」酔ひの勢ひ夫の一言
子や孫が末広がりに金婚の味をと願ふ我の一言
若き日に悩み選びし道なれど今し想えば「授かりの道」
蔵人の婿殿造りし日本酒で重ね重ねの乾杯の宴
家路着く子等を見送り二人して幸せ願ふ感謝に溢れ

平成二十八年十一月号

卵と私

平成二十八年十二月号

親鶏は飲まず喰わずに卵抱く雛の鳴き声耳澄まし待つ
ひよこ草石で潰して餌づくりひよこ育てはこどもの仕事
産見舞い温《ぬく》き卵を笊に採り「おめでとさん」と言葉を添えて
遠足や運動会の晴れの食卵頬ばり笑顔溢れて
鶏《にわとり》はいのちを繋ぐ卵産むそをいただきていのちを守る
食細き亡母《はは》の最後の茶碗蒸し一匙食べてほほえみ残し
客人を持て成す為に鶏潰す卵が数珠のごとくに並ぶ
なにげなく卵を買える豊かさに老いの身埋め明日《あした》を想ふ

二十八年あけび大会投稿

声

母の声音はなくとも我が胸に湧き出すごとく励まし敏す

二十八年久留米歌会投稿短歌

空

ふるさとの空遠からじ復興を祈りし日々ぞ九州の地で
朝焼けと夕焼けの空仰ぎつつ神と語らふときめきを待つ
空々し言葉吐かずの幼き日瞳忘れず暮らし励まん

つられて

挑戦する孫につられて少林寺深き技あり武道なりせば
ピンポンの仲間につられて語りあふ話は弾みスマッシュ決める
若きらと徒然草を読み終へて枕草子へつられて進む
朝焼けにつられ散歩を楽しめば友と出逢ひて話の弾む
滑らかな音色に憧れピアノ弾く師の励ましにつられていそしむ

平成二十九年一月号

「あけび誌」につられて短歌を詠み深め人生畳む杖とし暮らす
母の声聴こゆるごとし「新風土記」につられ声まで穏やかになる
味噌造る友の笑顔につられつつ天下一品手前味噌なり

現代秀歌鑑賞　短歌入門への門松

平成二十九年一月号

白鳥はかなしからずや空の青海のあをにも染まずただよふ　若山牧水 作

十歳で終戦、教科書墨塗の日々、五年時は教科書もなく新聞紙のような物を渡され、自分で作った。高校の図書館には驚いた。国語でこの歌を習ったとき、十五の乙女は晴れやかな色彩と孤独な心の表現に心をわしづかみにされた気がした。短歌への興味が湧いた。

幾山河越えさりゆかば寂しさの終てなむ国ぞ今日も旅ゆく

この二首が短歌入門の門松のようなものとなった。その後自分で短歌らしきものを作り、未来や夢を育む気がし、恋に憧れメロディをつけて歌っていた。

ああ我も旅人なりせば彼の道を誰とや行かん彼の人何処や

年月は流れ七十一歳の時「あけび」に出逢い、短歌を友とし暮らしを深める日々となった。何も知らない乙女に、人生の哀しみや美しさを、平易な言葉で丁寧に表現された牧水の短歌。先日金婚の旅を、石垣島、小浜島、竹富島を巡り海と空の青さに感動を新たにした。

平成二十九年二月号

金婚の旅

息子《こ》娘や孫の幸せ祈り金婚の旅の初夜《はつよ》や石垣島よ

木漏れ陽に揺られゆらゆらハンモック微笑み誘ふ石垣の風

青き海碧さは深く穏やかに船着き進む小浜島へと

満天の星と月とに見守られ感謝溢るる小浜島の夜

竹富の水牛《うし》は可愛いや自転車の通るを待ちてのんびり歩く

天に星地には蛍の光る夜ハイビスカスの揺るる竹富
竹富の島の暮らしは先人の知恵を受け継ぐ石積みの塀
樹氷雲突き刺すごとに飛行機は「さあさ我が家へ」心逸《はや》るを

平成二十九年三月号

ふと見れば

ふと見れば亡母《はは》の得意の「たらこ炒り」娘の家の定番おかず料理
ふと見れば顔に瞳が二つありあれやこれやと見方広めて
ふと見れば答えは二つ生と死よそれの狭間で暮らし彩る
ふと見れば「おかげさまで」とさらり言ふ生くる深さに目礼をする
ふと見ればお櫃《ひつ》洗ひつつ飯粒をさらりと口に農婦の亡母《はは》は
ふと見れば冬の桜木枝先は今春を期し桜色して
ふと見れば甘酒和えの春菊を旨そうに喰《は》む蔵人の婿
ふと見れば孫は妊婦の腹摩《さす》り「僕のパパにも赤ちゃんいるぜ」

思ひがけずに

平成二十九年四月号

忘年会三日続けばすまぬ顔思ひがけずに足はスキップ
電話取れば友の声する滑らかに思ひがけずにふるさと言葉
甲子園思ひがけずにふるさとの県民となり健闘期待す
母親の思ひがけずの一言《ひとこと》が旨し味はふきんぴらごぼう
両親にしなだれ掛かる孫の笑み思ひがけずに祖母の分限
春来れば思ひがけずに花咲いて植え込みし日の夢を再び
若き日のウエスト細めの洋服に思ひがけずに腹摩る手よ
教え子に「誰かのために生きなさい」口ぐせだったと思ひがけずに

私の選ぶこの一首　武藤富美 選

おまゐりを済ませ佇み墓石にそっと手触るる母の横顔　　上村陽子 作

命日に母娘で墓参りした描写。妻には墓石は夫そのものであり、手を繋ぐように確かめている情景。父母の情愛を詠んでいる。優しさは足し算でなくかけ算のごとく伝わってくる。登山家ガストン・レビュファは「人間との関係において初めて価値が生まれる物がある。たとえば山がそうだ」と説いている。墓石は夫そのもので、語らいの時の共有である。

不安

何となく不安立ちくる気配して胸を押さえて深く息する
年重《としかさ》ねおどろおどろと不安気な父母の瞳を今思ひ出す
父母若く子等の不安は吸い取りて元気いっぱい夢や希望が
しっかりと朝昼晩と飯食べて明日の不安を消し去る思ひ
ひと言が口伝となる老い言葉不安消すごと孫に伝ふる
旅立ちの子等に贈る餞《はなむけ》は笑顔を見せて不安を秘めて

平成二十九年五月号

不安など凍りつくような老いの身に幼き日々の想ひ出溶くる
人はみな逝く日の不安は胸にありなにげなきごと今日は微笑む

平成二十九年六月号　82歳

いろいろと

かなしみは悲しみ哀しみ愛しいといろいろあるが心揺さぶる
八十を越して授かる孫抱きて瞳の深さにいろいろ想ふ
献立は朝昼夕といろいろで焼く蒸す煮るとリズムに乗せて
粕漬けは我が家流でいろいろの白瓜・大根・隼人瓜など
満足もいろいろありて味噌汁の朝餉の湯気に心満たされ
若き日の夢中の読書はいろいろと歓び哀しみなひまぜて知る
いろいろの花を咲かせるこの大地どんな秘密がこの地にありや
いろいろも事のあるのに生きる日々「幸せですね」をさりげなく受け

花

春寒の風に吹かれてタンポポは凜として咲く大地は春や
「花」を弾くピアノは未熟で爛漫と咲くには遠くポツポツと弾く
新しきランドセル背に走り来て白つめぐさの花束みやげ
花が咲き実る果実を手に取りて我が生涯の花色想ふ
玄関やトイレに活ける小さき花楚々と咲きいる家の庭花
花の中眠れる君の旅立ちに花に言葉を託して添へる
子や孫の花咲く夢を下想ひ我が心根は花園のごと
笑顔こそ心の花と思ひつつ日々の暮らしを丁寧に生く

平成二十九年七月

札幌の兄を訪ねて

雪の舞ふ札幌の兄訪ね行く八十八の誕生日へと
ふるさとの「たそがれ清兵衛」語り合ふ声も弾みて夕べ華やぐ
一人居の兄の足をば吾摩る気持ちよささうに目を細めおり
北国の鰊焼きあげ夕食に懐《なつ》かし料理旨そうに喰《は》む
雪深く部屋に籠もれる暮らしなり足は浮腫《むくみ》て靴屋を巡《めぐ》る
八十八一人で暮らす気高さに言葉にならぬ敬愛を持つ
久々に村の暮らしを語り合ふあの人この人すでに旅立ち
八十二吾も家庭や暮らしあり「帰る」のひと言万感込めて

平成二十九年八月号

没後五十年花田比露思の足跡　武藤富美

平成二十九年八月号

私の選んだこの一首　**親子の情愛**

代わりあひて眠れと医者は申せども逝く子を前にいねられめやも（茅野）

私の父母も幼い長女を逝かせ、その後四人の娘に恵まれても、長女への想いはうめられず語り続けた。弟が亡くなるときは、冥土への土産と町から医者が人力車で来て、父母は引導を渡されたのか、小さい弟の枕辺に座り続けた。幼い私は声も出せずにいた冬の夕暮れを想い出す。親子の情愛は時代や立場を超えて切ない。真心を詠う短歌は胸を深く打つ。

平成二十九年九月号

黄色い花

山門に撓垂《しなだ》れ咲ける花達よ父の好みし山吹の花
根の先に暦持つのか菖蒲咲く薫風の中節句祝ひて
たんぽぽは何処にでも咲く野の花よ黄色い花のチャンピオンだよ

黄の菫選び植え込み咲き競ふ手入れよろしき友の庭見る
桜には菜の花畑がよく似合ふ里山に住む暮らし満喫
蝶達が春告げに来てひとやすみしてるごとくにれんげうが咲く
寒風に晒されながらも黄梅は凜として咲く秘めやか黄色
春菜花蕾みの中に黄の花の秘めたる香りを辛子和えにする

「これでよし」

「これでよし」逝く日は己で決めかねる天にゆだねてゆるり生きたし
夫や子の弁当五つ詰め終へて「さあこれでよし」梅干し添へる
冷水でパパッと顔を洗い終へ「これでよし」とや朝の挨拶
「これでよし」炊きたての飯出来たての汁出したての漬けもんの朝餉
己にて食べて風呂入りトイレ行き「これでよし」とぞ老いに寄りそふ
友だちはご飯と思ひ遊びこそおかずと子育て「これでよしよし」
今日ひとつ感謝すること思ひ出し「これでよし」としおやすみなさい

平成二十九年十月号

年金でお年玉まで整へて「これでよし」とや初春を待つ

じゃがいも掘り

子や孫や五家族揃ひ賑やかに今日は晴天芋掘り日和
孫達の笑顔想いつつ日々励む爺の頑張り芋は豊作
虫たちに声あげし孫背も伸びて今や芋掘りの戦力となる
茹で上げし芋にバターや塩からと車座になり話は尽きず
掘りし芋山分けにしてお土産に玉葱もあると添ふる歓び
肉じゃがや味噌汁・サラダ・コロッケと日々の献立メールが届く
父の日と重ねて祝ふ芋掘りはクレヨン色の家族の絵模様
秋来ればさつまいも掘り目指しつつ爺は畑で夢を育む

平成二十九年十一月号

平成二十九年十二月号

夏休み

薔薇色の夏休み帖手作りしつつがなかれと孫守りの日々
最上川胡瓜投げては泳ぎあふ幼き日々の夏休みかな
夏休み子を連れ皆で古里にポプラの風に並んで昼寝
煎り胡麻と胡瓜たっぷりの冷や汁は母の御馳走夏休み飯
新しき下駄と浴衣で墓参り畦道母と夏休み旅
クーラーを頼りにしての夏休み暮らしの知恵はあれこれ消えて
夏休み終わり近づき子等は画家書家となりては宿題こなす
十歳で玉音放送聞し日よあの夏休み永久《とわ》に忘れじ

平成二十九年あけび大会

寺の鐘鳴るを聴きつつ朝散歩早苗の波に父母を偲びつ

朝

平成三十年一月号

すっきりと目覚めし朝は手を伸ばし今日の予定を指折り数ふ
鉄鍋に手づくり味噌を溶かし入れ朝採り野菜をパパット添へる
寝苦しい夜は明日の朝想ふ知らずに寝入る明けぬ夜はなし
なにげなく「おはようさん」と言葉かけ朝のあいさつ親子の輪かな
しんしんと底冷えのする冬の夜朝日を浴びて「ああ雪景色」
蓮の葉にきらりと光る朝露は極楽あるを知らせるがごと
朝焼けのあけぼの色は人々に祈りあふこと知らせる証《あかし》
朝が来た生きてる時ぞ今日もまた「さあ始まるぞ」人と繋がる

海草

天草《てんぐさ》をグツグツグツと大鍋で母と作りしトコロテンかな
ゆっくりと一晩かけて煮込む昆布とろける旨み白飯を抱く
新築や祝いの席には結び昆布日本のしきたり守るがごとく
炊きたての飯に塩昆布ふりかけてあはあは言ひつつ掻き込む若さ
細切りの昆布常備し汁・煮物パッと振り込み旨み深まる
学食におぼろ昆布を持ち込んでニッコリ笑みつつ長兄《あに》とのランチ
海深くひとりで育つ海草に命の恵と海の色見る
紅白の膾に昆布・するめ入れ数の子添へて正月を待つ

平成三十年二月号

青森明の星同窓会参加

平成三十年三月号

十代で学びを共に教え子が白髪《しらが》靡かせ空港で笑顔
紅葉映え昭和大仏に見守られ友の墓前に祈りの時持つ
二十代全て捧げ励みたる同僚も皆年を重ねし
カナダより五人のシスターで産まれたる学園今日は八十周年
難聴に見舞われし教え子朝早くホテル訪ね来我が口見つめ
通信で学業なせる教え子が七十過ぎて笑顔で語る
「私達捨てて九州に嫁いだ」と別れのつらさを語る教え子
それぞれの色で辿りし教え子は我の宝ぞ再会を期す

友だち

人々の哀しみ歓びに寄り添ひて坊守の友穏やかに座す
農婦等の心豊かな日々願ひあれやこれやと智恵出す友は
教え子がいつのまにやら友となり人生語り支えあふ日々
妻病みて家事と介護の日々なりと竹馬の友から葉書の届く

平成三十年四月号

妻卒業母も卒業ただ独りピアノ三昧と友より電話
揺れ動く我が人権を気付かせる友の言葉を杖として生く
ふるさとに帰れば媼の我を見て「ふみちゃん」と呼ぶ幼友《とも》の声する
青春の入り口あたりで逢ひし友端正な字の年賀の届く
朝夕にメールで語る日々のあり姉妹なれども重ねてメル友
手造りの甘酒喰《は》ませ母を看る友の暮らしの優しい甘さ
笹の葉の揺れの聴こゆるカフェ開き老若男女に道照らす友
津軽から届くりんごの甘さには友の言葉も笑顔も見える

平成三十年四月号

現代秀歌鑑賞　武藤富美

友がみなわれよりえらく見ゆる日よ花を買ひ来て妻としたしむ　　石川啄木

みちのく雪国の農家の娘として産まれた私は親戚も農家で穏やかに育った。北国の北海道で定職もおぼつかなく知人もない地で病弱な夫を頼りに暮らす妻節子を想った。才あり誇りはあっても暮らしを想ひあぐねる一首で若き日は花の情景が心に残っていた。知れる人もない辺土に住む妻をも詠み、「子を負いて雪の吹き入る停車場に我を見送りし妻の眉かな」と居定まらず釧路への旅立ちも詠っている。夫婦の愛は、他の人が推し量ることは出来ないものなのかも知れない。

今私は南国九州に住み子育て卒業、八十代に入り、庭に花を育て野辺の花に支えられている。花は空腹を満たすものではないが、心満たされ、啄木夫妻も花で心通わせていたかと思うと嬉しい。歌は読む人の状況に応じて心を深く耕してくれるのだ。

平成三十年五月号

新年会

子や孫の集ふ恒例の新年会温泉宿の湯気も手招く

湯気の中「ああ」と声かけ娘と出逢ふおのおの流で湯船に憩ふ

十数人集えば話は矢のごとく虹のごとくに弾みと和み

乳飲み子を持つ妹に姉達はあれこれ手伝ひ安らぐ時を

初上京戸惑ふ息子に父の言葉「雑草見よ」と諭されし日も
研究者目指す娘に父の言葉「世の為たれ」と指針告げらる
蔵人の婿造る酒旨いねと車座になり皆で飲み干す
親族《うから》みな健やかに集ふ新年会歓び感謝を土産に家路

平成三十年六月号　83歳

味噌

母一日《ひとひ》農を休みて味噌造り子等も楽しく庭で戯る
大樽に一年分の味噌造りわっぱか仕事に母は満足（わっぱか—段取りした仕事量）
囲炉裏火で鮎田楽の焼く匂い家族みんなでわしわしと喰む
味噌蔵を持つ家少なくなりし今米が主食の暮らしも変化
手造りの味噌を造ればポツポツと発酵の泡見えて嬉しむ
八十年手作り味噌で食支え我の体の力の泉
化学など知らぬ先人糀力《こうじりょく》子孫に残せるおかげに感動
旅の朝ホテルの味噌汁眺めつつ我が家流の味噌汁恋し

私の選ぶこの一首　**武藤富美選**

平成三十年六月号

弟よ

うしろ髪ひかるる思ひにドアを閉む再度開け見むたへがたき弟よ　脇本澄子 作

短歌は我が身に引き寄せて胸に浸み込むものだろうか。札幌に住む八十九歳の兄を見舞い、四日の旅を終えて九州に戻った日に届いたあけび誌。好きな札幌とは言へ、妻は逝き独り暮らし十数年。帰り際「一人暮らしは嫌、富美、一緒に連れて行って」と兄の声を背に、別れた。兄妹は誰よりも長く心の側にいる人で想いは同じと思った。

平成三十年七月号

寄せる年波

戸惑ひもなく旅想ふ日もあれどあれこれ想ふ寄せる年波

断捨離と流行の言葉遠く置き寄せる年波我が身に迫る
年賀状欠礼数え初春につつがなかれと祈る年波
出来ぬこと数えるよりも出来ること胸に温めほっこり生きる
父母の願ひの言葉今にして頷き想ふ寄せる年波
先人の暮らしの智恵に今気づく寄せる年波虚像を洗ふ
さざ波の寄するごとくに年波も寄せては返し人の世繋ぐ
のんびりと寄せる年波等言へぬ戦争知らぬ人多くなり

らしく・ふりして

平成三十年八月号

妻や母らしくふりして暮らす日々産まるるものあり見ゆるものあり
離乳食大き口《くち》あけ旨そうなふりして喰《は》ます我が子母親
老いこそは我が目に見えず感じ取る気づかぬふりして「ヘイ」と抱き込む
百合は咲くらしくも見せずに素のままに我が生涯を問ふがごとくに
黄色《きな》帽子新一年生の晴れ姿春告げ蝶の舞ふらしく見ゆ

足腰の痛さ気づかぬふりをして命の利子とゆるり抱き込む
春来れば冬着片付け軽やかな春らしい服並べウキウキ
新米の教師らしくと教え子を顔と名前を確かめつつ呼ぶ

平成三十年九月号

春めく

みちのくの雪解け山の春一番あさつき芽吹き酢味噌和えする
山路来て蕗の薹に出逢ひし日天ぷらにして苦みは旨し
春の陽に背くらべするごと土筆達卵とじしてほろ苦さに酔ふ
春彼岸よもぎ摘みつつぼた餅を作ればほのかに春の香のする
菜の花の咲く前蕾を摘み取りて辛子和えして春を楽しむ
八重桜咲くを待ちては梅酢漬け桜湯・和菓子と優しい色あひ
声あげて蕨摘みつつ山遊び生姜醤油で春を確かむ
大鍋で筍グツグツ茹で上げて出しで煮込んで山椒添ふる

雄叫《おたけ》び

ライオンの雄叫びのごと「ありがたう」次兄《あに》の声背に病室を去る
雄叫びのごとく声あげ駆けてくる我が子抱き上げ頬ずりをする
麦を炒るパチパチパチパチと雄叫びのごとく弾けて香りを放す
年重ねいのちは限りのあるとぞと雄叫びのごと伝えたき日よ
老いるとは友それぞれに旅立ちて雄叫びしたき寂しさつのる
雄叫びのごとく若き日討論す正義・恋愛今は懐かし
雄叫びを言へる友あり言はずともただ居るだけで胸は治まる
十歳で終戦迎へし我が生涯雄叫びのごと平和唱えぬ

平成三十年十月号

梅

平成三十年十一月号

山峡に梅咲くを見て気もそぞろ梅の実るを待つ人ありや
梅季節梅味噌・梅干し梅醤油気持ちは逸《はや》るあれやこれやと
漬け梅に塩赤紫蘇を振り込めば握手するごと爽やか発色
朝六時弁当五つに梅干しを添えて詰め込み「いってらっしゃい」
梅干しを年代順に並べては心は満ちて瓶撫で摩る
幼子に梅のジュースで腹具合案じて飲ませし子育ての頃
梅一輪咲けばほのかに春めきて希望も少し見え隠れする
太宰府の飛び梅の前に立ち並び我の想ひは何処に飛ぶや

平成三十年十二月号

次兄《あに》の住む街・札幌

札幌へ旅立つ次兄《あに》の見送りはセーラー服で酒田の駅で
次兄《あに》の住む札幌想へばテレビ見て天気予報も気になる日々よ
旅にても豊平公園朝散歩肩を並べてラジオ体操
次兄《あに》の住む街の記念に首飾り求めて胸に空港を発つ

病床の次兄《あに》の手に握り歌い合ふ体揺らしつ時計台の鐘
八十三年共に生きたる次兄《あに》逝けば影を失くして歩む心地す
葬儀終へ機上より見るお月様冴え冴えとして語りかけくる
札幌の次兄《あに》逝く我の生涯を包み照らしつ父母ゐる国へ

長生きの利子

あれこれと愚痴れば夫はさりげなく長生き利子と思へばいいさ
足腰の痛みを友に語る時生きてる利子よと友は先輩
南瓜煮る型も崩れずほっこりと自慢の味よ長生き利子か
九十も越さずに長生きなど言へぬ利子を目指して日々の養生
九人の兄妹共に育ちし日暮らしの利子か生きる技得る
八十を越して生きれば親の恩利子は溜まりて今なら分かる
考えることさえなしに精いっぱい遣り切る想ひは若き日の利子
あどけなく駆け寄る孫の笑顔こそ利子など知らぬただ可愛いくて

平成三十一年一月号

粕屋町親と子の良い映画を見る会

平成三十一年二月号

幼児の心の食べ物文化だと集いて会を立ち上げし日よ

子を背にし手を引きながらポスターを張りし日もあり子等への想ひ

肩ならべ手を叩きあふ笑顔見て力の湧きて励まされたり

子の為と智恵を出し合ひ上映会いつのまにやら親の学校

年二回千人を越す映画会親の思ひで十数年も

能登節雄・高野悦子等と抱き合ひつ交流会は熱気溢れて

母亡き後貰ひしお金子等のため記録誌作り歴史を残す

良い映画良い観客に創《つく》らるる山田洋次の便りの届く

栗の実共同作業所

障がいを持ちて生《あ》れにし子の親は行く末想ひ作業所設立
五里霧中子等の為にと母なれば山内さんは種蒔く人よ
親と子の熱き想ひに雨水や添へ木になればと我も仲間に
お遍路の山野袋の商品化ミシン会得し歓喜溢るる
料理やら文字を教へて満面の笑顔貰ひて励まさるる我
親や子の願ひを形に請願書あちこち書くは我の仕事か
澄み切った笑顔や言葉の仲間達心洗われ研ぎすまさるる
法人の「三つ葉の里」と認定を得て退きし願ひ託して

平成三十一年三月号

たけのこ児童館の育ち

平成三十一年四月号

子や親が仲間求めて児童館友の輪出来てそれぞれの花

「お帰り」と大き声出しハイタッチただそれだけで元気に下校

縄跳びや栗はい箸や注連飾《しめかざ》り暮らしの智恵を子等に伝へて

味噌造り・クッキー・うどん餅つきと子等と楽しむ手造りおやつ

子育ての不安抱えて飛び込める話を聞けば笑顔の居場所

「友だちはご飯だ・遊びはおかずだ」と子育て基本児童館こそ

楽しげに遊びを見てる子等もありその子も此処に居場所はあるぞ

なんとなく誰かに話したくなる日「何時でもおいで」と手広げ待つ

令和元年五月号

コーラス三昧《ざんまい》

ふるさとの中学校で初めてのコーラス忘れじ「浦のあけくれ」

高校で際立つ美声の「岸洋子」忘れ得ぬ唄数々残す

三大学集ひしコーラス青春の「流浪の民」は今も鮮やか

オペラ劇創りて我は村娘さざ波のごと歌ひし日もあり

千人を越す全学のミサ曲で聖夜迎へる雪降る町で
子育ても一段落し歌再開ひばりの会もアクロスで終演（アクロス・音楽ホール）
田植ゑ終へ母の唄うは「佐渡おけさ」村人手拍子合いの手入れる
朝散歩歌ひ続けしメロデイを風に乗せてはひとりコーラス

寄り添ふ伴走者

前になり後になりつつ老いの道兆しは我の伴走者なり
息子《こ》の読みし椎名誠の本などをさりげなく読む夫の眼差《まなざ》し
縁側で親子文庫を開設し近所の子等の読書に寄り添ふ
それぞれの道で母とぞ思ふ人出逢ひを受け止め辿りし日々よ
亡き母が歓ぶだろうか哀しむか問ひつつ暮らす我が胸に母
戴《いただ》きし命なれども悪心湧く諌《いさ》むる心に寄り添ひて生く
九人の子育てし母に寄りそへば四人の子育てなんのことなし
愛を越え情を育み寄り添ひて歩む道辺に小さき花咲く

令和元年六月号　84歳

ばんざい

令和元年七月号

幼孫「うんこ出たよばんざい」と叫ぶ姿に皆でばんざい
里帰り笑顔見せればばんざいの仕草で母は我を抱き込む
息子《こ》の上京柱の陰から見送りしばんざい言へず東京遠し
歓声を上げつつ競ふ運動会ばんざい叫ぶ雄々しき若さ
暑くともめげずに大きな冬瓜にばんざい叫び夫は笑顔
逝く日には「よく頑張ったね」と労ひてばんざいさけび逝けるかなあ！
停車場であまたの兵をばんざいで見送りし傷いまだに消えず
十歳で陸士・海兵に征く兄達《あに》をばんざい叫び見送りし日よ

現代秀歌鑑賞　兄弟姉妹の想ひ

二十四に成れば男とわが言ひし弟の片頰よく父に似る　与謝野晶子

さりげなく姉弟の情愛を詠んでいるが、父への想いや命の繋がりを感じられる。歌は我が身の境遇に引き寄せて深く理解するものなのだろうか。八十歳で逝った父に、八十近い亡兄《あに》達の風貌が似てきて驚いた。私は十歳で終戦を迎える迄何も知らずに日の丸の小旗を振り、兵隊さんや長兄を陸軍士官学校に次兄を海軍兵学校に駅で見送った。少女となり晶子の「君死にたまふことなかれ」の詩を読み感動した。十歳迄の戦争中の体験は、今も心の棘となり、芯ともなった。今、世の中の風潮に不安を感じる。「何も知らなかった」とはもう言えない。戦争はどんな理由があろうとも人の命を閉じることなのだ。晶子の弟を想う愛しさの命の繋がりへの想いは時代を越えて胸に沁みる。

令和元年七月号

夫の好物

摘みたての間引き大根一夜漬けサクサク刻み朝餉は笑顔
持ち切れず抱え込むほどの冬瓜を大ぶりに切り煮込むのが好き
炎天下草取りしたるさつま芋焼き芋天ぷら味噌汁も良し
手造りの味噌の香のする朝餉こそ採りたて絹さや王者のごとく
小さき森連想するごとブロッコリーさっと茹でては塩をひと振り
無農薬有機肥料の爺爺《じじ》大根膾《なます》おでんと献立多彩
隼人瓜白瓜等も粕漬けし歯ざわり楽しみ食事にリズム
娘婿造りしお酒「繁桝《しげます》」をこれぞ絶品二人で晩酌

令和元年八月号

失《う》せしもの

「石の花」天然色の映画だと告げし驚き失せることなく
親亡くし泣きし日もあり時流れ仏となりて我が胸に抱く
終戦後配給の靴ジャンケンで負けた悔しさ失くした暮らし
我が子抱きいのちに出逢ひ感激しそれを失いあれこれ願ふ
夫と逢ひ運命かとも日々もあり不安は失せて今は道連れ
雪国に生れし我が身も南国に暮らせば失せし寒さ感覚
心根の美《は》しきをなくさず生きようと友と約束天が見てるぞ
前進で見ゆるものあり突き進む振り返り見れば失せしもの見ゆ

令和元年九月号

私の選ぶこの一首　**桜から卯の月へ**　武藤富美 選

令和元年九月号

裏山にうつむき咲けるかたくりの息子好みし紫小花　　大高昭喜 作

青春時代奥入瀬で楚々と咲くかたくりの花を見た。御夫妻で歩みし道に、逝かれた息子さんの好きな花を見つけ、息子さんへの思いの深さが溢れ身に沁みる歌。菩提寺にお参りがかなわなくとも、千の風の歌のように胸に舞い込み抱き語り合い支え合う深さに感動。息子さんに心通じてますよ。

令和元年十月号

あったか家庭料理教室

モットウは御馳走でなく御菜《おかず》をと料理教室続けて五十年
「一皿の料理にいのちの種宿して」呪文のごとく我は唱える
山あひの公民館など廻りつつベテラン主婦に智恵を授かる
あれそれと夫婦で集ふ教室はビール楽しみ励む夕べよ
親子とも学ぶ教室賑やかに技《わざ》競ひつつ話題は弾む
家々を廻り行ふ教室は擂り鉢・蒸し器代用を説く

年末の先生達の教室は言ふこと聞かず楽しむ風情
料理こそ「上手《うま》くなるより好きになれ」そこから産まれる智恵と技あり
味噌造りあんこ餅など我が母の秘伝の料理伝える楽しさ
化学など知らぬ先人発酵力塩梅などを極めた凄さ
旬のもの採り入れたる献立は作るも楽し食べるも嬉し
失敗の料理作りしひとびとに修正教へ笑ひ弾ける

あけび全国大会投稿短歌

佳作

佛飯にアンパンマンのふりかけをかける孫見て一日始まる　武藤富美

小笠原嗣朗氏講評

朝の支度をしてまず仏様に朝飯を供えるという、敬虔な一家の生活振りが懐かしく描かれています。そこにお孫さんが自分の大好きなアンパンマンのふりかけをかけておられる、何とも微笑ましい一家のご様子で、今は少なくなった大家族生活の良さが垣間見られます。

この短い三十一文字の中に、お亡くなりになられたご親族への思い、仏教への帰依、お孫さんを通じた大家族の良さなどが無理なく描き出されており、しみじみとした良い歌になりました。

学び

令和元年十一月号

寝て食べて笑って泣いてその全て母に学びて家庭で育つ
終戦で墨塗りしたる教科書で考え学ぶを初めて知れる
教えつつ通信制の女子大生教えることは学びと知れり
食品の旬の声聞き活かす術学びの豊かさ生きる楽しさ
子育ては我を親とし育て上げ人との学び広げて楽し
六十五歳大学院の修了で学びの深さ楽しき日々よ
老いの道辿れば分かる学びあり命の繋がり胸に迫り来

それぞれの花

寒風にさらされながらも麦の芽は春を目指してツンツン伸びる
純白のカラーの花束胸に抱きのぞみ掲げて娘《こ》は花嫁に
凛として愛と気品を秘めて咲く石蕗《つわぶき》の花秋風を染め
春の陽に気づかぬ内にさはやかに咲きて和ますいぬふぐり咲く
野辺に咲く野菊はそそと揺れながら農学学ぶ夫を励ます
踏まれても何処にでも咲くなづな草我の好き花想ひを種に
農婦母一夜花なる稲の花咲きし朝こそ笑顔は美《は》しく
桐の花嫁ぐを想ひ父植ゑし花を眺めて想ひ抱き込む

令和元年十二月号

なんてことないさ

令和二年一月号

跳ぶ走る卒業したる八十代なんてことないさ加齢の褒美
歩の遅さなんてことないさと嘯いてゆっくり歩きも楽しさ探す
老眼と言われオヅオヅ眼鏡かけなんてことないさ今は堂々
目・鼻・口数は同じさ場所微妙なんてことないさ美人不美人
暑さなどなんてことないさと遣り過《やす》ごし稲穂は実り秋トンボ飛ぶ
幼児が「だっこ」をせがむと悔やむけどなんてことないさママの特権
健康と素直と感謝を柱とし子育て楽しなんてことないさ
九人《くにん》の子育てし農婦の母想ふ四人の子育てなんてことないさ

自歌自注　秋「雪国・南国」

大樽にたくあん山と漬け終へてさあ来い冬と母誇らしげ

雪深い東北で農婦の母は、自分の育てた米や野菜で子育てや暮らしを成り立たせていた。風呂桶ぐらいの大きな樽に雪解けまでの漬け物を、労を厭わず工夫している母の満足げな姿を見るのが好きだった。

母一日農を休みて味噌造り子等も楽しく庭で戯る

母の手造り味噌で育った私は、結婚後は今も、自分で味噌や梅干しを造り続けている。

九人の子育てし農婦の母想ふ四人の子育てなんてことなし

いま、南国に住む私は、母の食に対する働き方や発想や想いが、暮らしに息づいている。珍しい料理でなく、作物の一番美味しい食べ方を素朴に作り楽しむ姿勢は、生涯の宝であり、指針となり若いときの母を詠むと元気が湧く。

令和二年二月号

里帰り

里帰りする子を想ひトイレまで庭の花など活けつつ待てり

来ぬ前に帰りのみやげあれこれと気持もそぞろあれこれ悩む

トラックで一台分の砂を入れ孫の遊び場これで良し良し

「ただいま」と帰るは親の居るうちよ待ってる人が居る内が花

四人の子引き連れふるさと庄内へ年に一度の「さあ！里帰り」

県境をいくつも越えて辿り着く鼠ヶ関越え方言の咲く

着いた日に帰りの日を問ふ母の瞳《め》に待つ切なさにたじろぐ想ひ

産《あ》れし日が明治の母の里帰り祖父母餅つき手みやげと聴く

孫

我も孫と呼ばれし日もあり母の里行くは楽しき山里の家

ふるさとは遠く一人で子を産みき娘《こ》のお産には側に居りたし

病む親に孫見する旅九州から上野で安堵す庄内近し

希望する高校合格祝杯を女孫《めまご》の未来薔薇色にあれ

鉄瓶のシュンシュンと沸く湯気を雲かくれんぼと孫飛び跳ねる

令和二年三月号

幼孫「まった」を駆けて逃げまわる座敷相撲に爺はヘトヘト
孫二歳爺爺《じいじ》と婆婆《ばあば》で相撲とれ僕は行司と笑顔で差配
育ちゆくも孫に残すは平和こそ願いにあらず叫びと祈り

令和二年四月号

読書会

ベーベルの『婦人論』など読みたりき十代にして何分かりしや
新婚の夫と向き合い『資本論』説得されてもちんぷんかんぷん
母になり『沈黙の春』親友《とも》と読む不安的中今は現実
子を背にし「保育問題」語りあふ肩身の狭き我は主婦の身
「お登勢」などリポートを書き読みあひし友みな老いてそれぞれの地に
我が家にて「母と教師の読書会」音読賑わひ話溢れし
ゆるゆると古典楽しむ読書会年重ねてぞ深み増す味
酒田市の「光丘文庫」の葉陰風読書の種を授かりし地ぞ

菜花咲く

令和二年五月号

雪溶けて取り残したる根株より芽吹く菜花の「ふくだち」香る（ふくだち—方言）
菜の花とおぼろ月夜の情景は今は我が胸霞かかりて
札幌の一人居の兄「菜花和え」食べたと春の知らせの届く
菜の花ともんしろ蝶が群れ遊ぶ幼児我も仲間となりて
菜園に取り残された野菜達菜花咲かせて春の宴か
抱え込み菜の花瓶にどんと活け春爛漫とひとりで燥《はしゃ》ぐ
菜の花と桜並木はよく似合ふ漫《そぞ》ろ歩めば万福満足
お澄ましに一房菜花を配《あしら》ひて湯気と語らひひとりで昼餉

干す

令和二年六月号85歳

青竹にへんぽんと干すおむつたち子らに陽の香よ届けと畳む
大ぶりな大根サクサク刻み干し飴色を増す切り干し眺む
人参を形を変えて切り揃え干して甘めの炒めや煮物
掛け干しの稲田の景色なくなりて田にコンバイン王者のごとく
里帰りする子を想ひ屋根に干すふとん華《はな》やか花園のごと
田は干され米は実るか案じつつ命の源は水のおかげと
干涸《ひから》びた大地に緑を呼び戻す「中村哲」の悲報身に浸む
年重ね気持ちはあるが行動の力干涸び天空を見る

詫びる

令和二年七月号

戦争をはさみ九人を育みし父母《ちちはは》の言葉に詫び言多し

詫び心添えてかけくる父母の言葉は胸に深く落ち着く

詫び言をすっきり言へた朝こそは晴れ晴れとして山まで笑ふ

叱りつつ子にも理ありと気のつきて眠るこどもに詫びつつ添ひ寝

「その齢になれば分かる」と父の言ふ八十過ぎて詫びつつ想ふ

春うらら清《さや》けく咲きぬいぬふぐり気づかず踏みて「ごめん」と詫びる

詫び言のふたつみっつを種として許容を知るや人生楽し

平和こそ詫びることなく灯《ひ》を掲げ生きたと言いたし吾がひと世を

紅

紅花《べにばな》はふるさとの花農婦母紅点《さ》すいとまなきまま逝きぬ

向学のこころざし果たし得ざりし老父は歌ふ「紅燃《くれない》ゆる」と

応援歌「紅血《こうけつ》踊る」と勇ましく十五の春よ声高らかに

贈り来る紅色美しきさくらんぼ妹の気持ちのただありがたし

令和二年八月号

娘は二十歳《はたち》紅色深き黄八丈着せては嬉し香るがごとし
赤富士と見まがふほどの鳥海山出逢ひのうれし紅色の空
紅色のセーター何度も編み直し我が物とした倹《つま》しき青春
紅色の夢を何度も押し戻し六十三歳大学院に

ひとり

ひとりでもこの哀しみを掬《すく》ひ取る人あらばやと夕焼けに立つ
ひとり旅窓辺に海を眺めつつあの人この人想ひつつ揺れ
山里にひとりで住める友ありて宅急便と電話に弾む
ひとり酒あの世この世とただよひてゆるりまどろむ朧月夜《おぼろづきよ》に
老いの道指摘されつつ正しくもひとり哀しく胸に畳みぬ
逝く吾子に「お前ひとりでやるでない」待てよ両親《ふたおや》いづれ逝く身ぞ
この世にはひとりで生まれあの世にもひとりで逝くも待てる人あり
ひとりでも分かってくれと願い込め黒板を背に頷き探す

令和二年九月号

発刊第九十巻記念合同歌集

吾が母の記

筍を粕と鰊で煮含める料理懐かし母の味すも
幼子を亡くせし母は盆に咲く花を育てて墓参急ぎぬ
十歳で十五の愛兄《いろせ》見送る日母の涙を我は忘れじ
夫や子に「生きて還れ」とひと言を言えず征かせし母は寡黙に
「今度いつ来るか」と問ひし亡き母の声聞きたくて振り返り見つ
母一日《ひとひ》農を休みて味噌造り子等も楽しく庭で戯《たわむ》る
大樽《たる》にたくあん山と漬け終へて「さあ来い冬」と母誇らしげ
収穫を終えてふとんを縫う母に子等ははしゃぎて真綿を伸ばす
九人の子育てし農婦の母想ふ四人の子育てなんてことなし
新生児鼻づまりせる切なさを躊躇《ためら》ひもせず母は吸い取る
嫁ぐ朝「いろいろあるのが結婚」と指折り数え母は諭しぬ
亡き母の久留米絣を縫い直し羽織りて今朝も二人で散歩

亡き母の萎えし足をばなぜもっと摩らずゐたかと悔いの残りて
父母の訪ふこともなき九州に嫁ぎて知るや親の祈りを
父母に逢うふ年に一度の別れ際「またね」と想ひ断ち切る言葉
亡き母の形見の丸帯祖母のもの百年を経て渋く落ち着く
里帰り強く打ち振る母の手に別れの予感背に感じつつ
彼岸花亡母《はは》がひょっこり訪ね来て励ますごとく畦を彩る
母の手を握りつ逝けるは幸せと息ある父の最後の言葉
波風の忘れたごとく父母の金婚式の写真の笑ひ

令和二年十月号

ほほづき

夏草の茂る裏庭赤あかとほほづき熟れる古里の家
慎重に種を取り出して膨らませぶうぶうぶうと遊びし日あり
幼子を逝かせし母はほほづきを「たんと遊べ」と墓前に供へ（たんと――方言――いっぱい）
お盆にはほほづき提げて佛待つ風習今も里にあるかや

はまなすの実とほほづきの提げもんは盆のお墓の風にゆらゆら
お江戸にほほづき市があるといふ何処に住んでも季節彩る
お盆には顔覗かせてほほづきは花屋の中で招くがごとく
幼き日海ほほづきを手の平に不思議な感触未だ忘れず

自動車運転卒業

四人の子の忠告受けて運転の卒業決めし八十五歳
母からの遺産は免許と中古車に守られ続けて四十年経つ
子や孫の笑い声まで満杯で想ひ出深い車卒業
家族等の帰宅完了するまではビールも飲まず呼び出しを待つ
大学院・短大勤務も車様我が夢の側寄り添ふ友よ
最後だと言ひ聞かせつつ運転を風や景色と語り合ひつつ
卒業と車と別れ不便さに感謝あるのみ失くして知るや
子達から感謝の便りとお礼やら届き感激卒業祝ひ

令和二年十一月号

杖

令和二年十二月号

杖なるは補ふものと思ひしが今は散歩の主力戦力
あの友の事柄などや出逢ひまで杖として生き振り返る今
母が杖突くようになり街中の杖突く人の目に付き気にす
父母《ちちはは》の声を杖とし暮らす日々歓び哀しみ折り合ひつけて
教え子の八十迎える声を聞き生きる杖とし励む養生
梅雨あけの風を杖とし梅干しを庭に広げて色づきを待つ
我が命誰かの杖となりしかと問ひつつ生きし八十五年
白杖を友とし夫は背にルック山路を目指し楽しげに発つ

令和二年全国あけび大会詠

掘りたてで作りしじゃが芋コロッケで爺と孫との笑顔弾ける

断捨離と言ふけれど

令和三年一月号

ビロードの母のショールに刺繍をしピアノ稽古の手提げは楽し

娘《こ》の晴れ着ベッドカバーや暖簾など創れば部屋は華やぎ溢る

想い出の浴衣を暖簾に縫ひ直す夏風に揺れ盆踊りのごと

母の着た久留米絣で提げ袋作り直して散歩の友に

想い込め貯めて作りし空色のレースのスーツ椅子のカバーに

子や孫に読みし童話の本を見て情景胸に溢れ出て来る

赤線の引かれた本や写真など声まで聴こえ決断鈍る

断捨離と流行《はやり》の言葉に誘《いざな》はれ晩年感謝添へての始末

空

朝焼けの空仰ぎつつ散歩する今日は良いことあるやに弾む
青空を吸い込むごとく背を伸ばし晴れ晴れとして深呼吸する
母子して稲上げをするリヤカーに夕焼け空の応援楽し
農婦母晴れた空見て農繁期「いい空売り来た」と段取り語る
岩木山津軽の空を鷲掴《わしづか》み峰で叫んだ青春の日々
十和田湖の紅葉《もみじ》と空の青さこそ奥入瀬の滝語りあふがに
「九大の森」の湖に雲流れ空の静けさ木陰に憩ふ
吹雪止み鳥海山はすっきりと映えて空をも従者のごとく

令和三年二月号

黄色い花

令和三年三月号

雪国に産《あ》れし吾《あ》なれば南国の冬のタンポポ今も驚く
菜の花の国境を越えハンガリー級友《とも》と唄ひし笑顔咲くバス
恩師待つカナダに同窓生《とも》と訪ふ旅に手を振るごとくタンポポ揺れて
父好む山吹の花眺めつつ夫と語らふ島根路の旅
黄花咲く菖蒲と蓬を軒に挿し五月の節句を祝ふ古里
秋風に石蕗の花咲く家の庭今亡き友の想ひ抱き込む
水仙の黄色さ競ひそれぞれに春呼ぶごとくゆらゆら揺れて
赤色のチューリップ咲くその列に黄色一本指揮者のごとく

令和三年四月号

朝散歩

明の星仰ぎつ今朝も靴紐をギュッと引き締め「さあ」散歩だぞ
早苗揺れ秋は黄金の稲穂揺れ山の風受け大地踏みしめ
朝焼けの神々しさにいつしらに賛美歌歌ひ祈り湧き出す
いつも逢ふ「やあ」と挨拶笑顔添え散歩の友の姿に安堵

犬達も話あるらしじゃれあって名残惜しげに連れ帰られる
並木路の楓さまざま紅葉し木々もそれぞれ個性あるらし
若人の疾風のごと走り去る讃えて我らは緩《ゆる》らに歩む
寒き朝散歩さぼりの朝餉こそ宿題忘れの幼子のごと
散歩友朝の公園笑ひ声四組の夫婦話は尽きず
それぞれの得意料理や夫婦術語りあっては笑ひ轟《とどろ》く
我の背をヒタヒタヒタと押すごとく白杖の夫のリズムに合わせ
散歩終へ手作り味噌の味噌汁の朝餉は旨い旨いぞ旨い

令和三年五月号

我が家はホーム

ホームにはリハビリあるらし真似てみる「四季の歌」にてタップダンスを
手を叩き「幸せの歌」唄ひつつ朝餉の食卓これも御馳走
職員のゐないホームは施設長理事長様と補ひあいて
貴賓席子や孫の訪ふひとときは頭も手足も知らず活躍

古びたる箪笥も庭も我が友よ我が家のホーム日々長かれと
ホームとはいつの間にやら人々が終の棲家と呼び慣れし家
ホーム入り決断したる友達夫婦《とも》語る問わず聴き入る尽きるまで聴く
地球こそ我らのホーム生きる町みんなで創らうみんな友達

令和三年六月 86歳

教科書

終戦で教科書もなき学校でひとつ産まれる民主主義とは
食べて寝て学んで帰る家あれと父母の生きざま我の教科書
目礼し教科書開ける習慣は今も身につき読書が友に
年重ね父母の仕草が教科書に老化の頁辿りつ想ふ
人生は「天が見てる」と信じ切り教科書として捧げつ生きる
孫達の教科書撫でつつ縁側で春の日を浴び芽立ちを見守る
文字などを持たぬ祖先の生きる技言霊《ことだま》こそは生きる教科書
憧れを持てる人との出逢ひこそ生きる学びぞ我の教科書

あなうれし

厚切りの大根ほたほた煮含めて箸にもやさしあなうれし
入れすぎたお湯がざあ！と流れ出る温泉気分であなうれし
手をあげて乙女のごとく駆けてくる笑顔溢れてあなうれし
八十代夫婦で散歩や朝餉こそ許し許されあなうれし
すっきりと目覚めた朝は手を伸ばし呼吸ひと息あなうれし
なにごとかありやなしやと気にかかる年賀の届きあなうれし
古里の新米炊きあげ艶やかに挨拶するごとあなうれし
飯粒のほどに小さき幸せを見つける暮らしあなうれし

令和三年七月号

葱

令和三年八月号

植え返し土を寄せては根を育て葱の甘さを育てる技よ
みちのくの大寒の夜葱味噌を風邪の予防と父母子に喰ます
すき焼きに正座するごと葱並ぶ肉を引き立て味を引き出す
打ち立てのそばの香りの側に居て葱の役割そばに寄り添ふ
葱坊主乗せてすっきり葱は立ち春の陽を浴び子孫を残す
ふるさとの赤葱の味懐かしく「飛鳥葱」とぞ伝統野菜
香りだし主材引き立て寄り添ひて葱の旨みのごとく生きたし
活きの良い鰯に出逢ひ葱選び叩き込んでは「なめろ」愉しむ

私の選ぶこの一首　**武藤富美** 選

春声

公文書不正記載を強ひられて自死せし官吏あわれその妻　大都留直 作

人間の弱さ脆さ正義と良心の狭間で命をかけて仕事する夫を、見ていた妻の願いの赤木文書の公開が認められた。砂川事件元被告の夫は伊達判決を得たが、マッカーサー、田中の密約で裁かれたのを知り再審請求をしたが棄却。神が見てるぞ。頑張って。

令和三年九月号

足の裏

穏やかに足の裏など撫でさする時も得ずして年を重ねる
九人の子育てし父母は前方を見つめ暮らして足跡残し
初雪に歓声上げて駆け回る小さき足跡ふるさと想ふ
懸命に生きた足跡後を追ふ人多くあり清《すが》し人生
若き日に学びし校訓足跡ぞ正しく浄く和やかなれと
滑り止めつきし靴下幼子に履かせつつ見る小さき指たち
何事も言わず見せずに支えたる足の裏こそ王者の身分
朝散歩山に向かひて片足で立つは難し足裏力

私の選ぶこの一首　大高昭喜 選

憧れを持てる人との出逢ひこそ生きる学びぞ我の教科書　武藤富美 作

青森のミッション系「明の星学園」で十年間教師をされたと知り、その先生が教科書となる八首の要諦に目を取られた。
「あの人のようになりたい」との憧れを持てる人との出逢いこそが、生きた教科書とされた謙虚さにも感銘させられた。おむすび様のかわいい絵に心がほぐされた人も多いでしょう。

令和三年十月号

ひとひら

ひとひらの許容にやっと辿り着き穏やかさ得る米寿も間近
米寿様側に従えひとひらの淡き慕情に闊達になる

ひとひらの恥かかせずと子育てに励みし日々も遠く遥かに
ひとひらの花を手に取りあれこれと眺める時ぞ持ちて生きたし
ひとひらの雪を手に取りゆったりと眺めひとときふるさと想ふ
ひとひらの花弁となりて天空に舞ふ我がいのち何色なるや
車座の花見の宴にひとひらの花も仲間と語りは尽きぬ
ひとひらの骨となってもふるさとの墓で眠たし想ひは同じ

変化は進化

嬰児は見つめ聞き取り語り出し変化し進化し成長の旅
ママママとスカートつかみし幼子も寡黙を経てぞ青年となる
雨露に双葉を見せし花の苗太陽を浴び蕾を抱へ
「どっこいしょ」いつのまにやらかけ言葉知らず会得し年重ね人
父母笑ひ仕草真似せし我なれどいつのまにやら進化し老いる
足腰の弱さ身に滲み父母の想ひ抱き込み優しく偲ぶ

令和三年十一月号

変化をば進化と思ひ歩む道老いの坂道決断鈍し
平らかな佛の道にはほど遠し変化進化も許容は遠し

私の選ぶこの一首　上杉勝子 選

葱の役割

すき焼きに正座するごと葱並ぶ肉を引き立て味を引き出す　武藤富美 作

肉の殿様に従って正座している葱は大事な役割を担っています。私もすき焼きは大好きでよく作るのですが、葱は大事な引き立て役でどちらかと言うと、ピシッとした半生の葱より「良き味じゃ」と褒められてグタグタになった葱が大好きです。八首皆、美味しそうです。

私の選ぶこの一首　小西一世選

葱

香りだし主材引き立て寄り添ひて葱の旨みのごとく生きたし　武藤富美作

葱を詠まれた一連の歌より、丁寧に優しく葱を育て薬味、薬膳として有効活用され「葱のごとく生きたし」謙遜されていますがきっと才知溢れる方と思います。吾の人生指標歌です。尚、葱育指南書として

植え返し土を寄せては根を育て葱の甘さを育てる技よ

令和三年全国あけび大会詠

六十代七十代は若者ね米寿間近き夫婦で散歩

塩糀

一キロの糀と塩と水を入れ我が隠し味塩糀様
孫の好くハンバーグにも塩糀肉の旨みを引き出しくれる
朝採りの庭の野菜に塩糀パット漬け込み朝漬け一品
手造りの味噌・塩糀に漬け込めば焼く魚こそ匂い香ばし
塩糀二つ並んで台所我の料理の見張り番かな
じゃがいもと肉の旨みを繋ぎあい塩糀味ポテトコロッケ
調味料少なき世にも先人の知恵袋かな塩糀こそ
塩糀保存と味を引き立たせ「いのちの種」の食べ物活かす

令和三年十二月号

第Ⅱ部　こどもの戦争体験記

こどもの戦争体験記

さくらの木の泣いた日

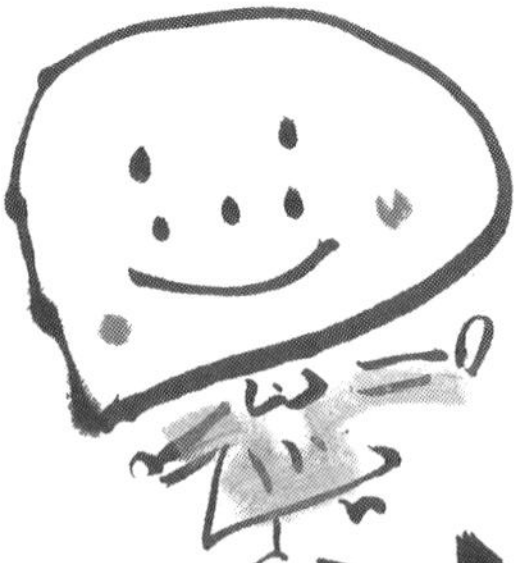

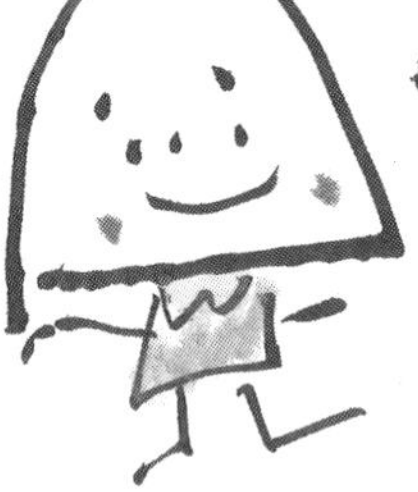

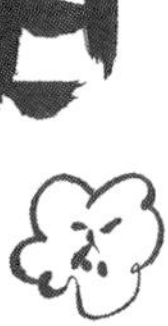

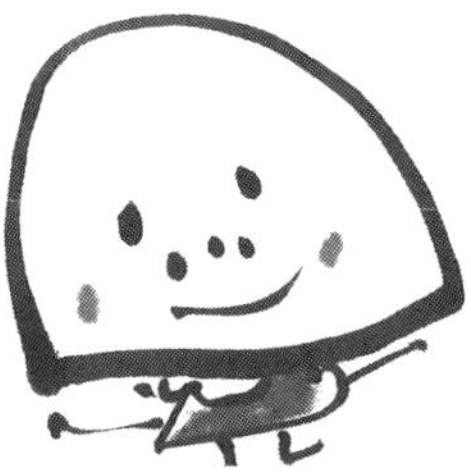

むとうふみ

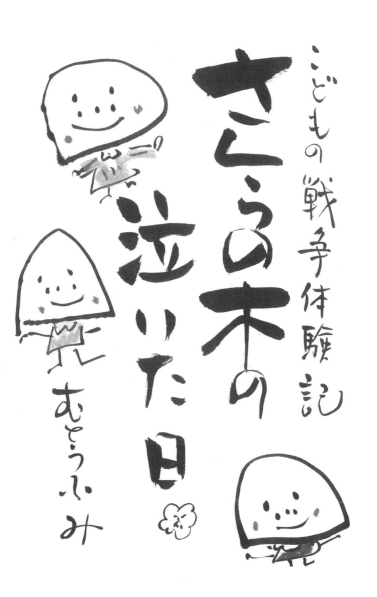

まえがき

1、「さくらの木の泣いた日」は我が子が小学校四年生の時、夏休みに戦争の話を聞いて来るようにと宿題が出ました。私が四年生の十歳の時の体験記憶を書き四年生十歳のこどもに分かるようにと宿題として提出したものです。同級生の名前は仮名です。

2、「おばあちゃんになるまで生きていいんだ」は障がい者の共同作業所を後援している人々に頼まれ話したものです。語るべき役割や立場があることに気づきました。

さくらの木の泣いた日

むとうふみ（47歳）

一　さくら雲の上から

昭和二十年といえば、今から何年まえになるのだろうか。日本が戦争に負けた年です。そのときふうちゃんは四年生でした。今のように小学校といわず、国民学校といっていました。

山形県には見渡すかぎり田んぼの続く良いお米のとれる庄内平野があります。そこには南平田国民学校がありました。その学校にはこどもが三人も四人も手をつながないと、かかえきれない大きなさくらの木が、何本もありました。四月の中頃になると、さくらの花がもえ出すように咲きはじめます。

三年生までは、下の教室なのですが、四年生になると女子は二階の教室になるのです。その頃の学校は男子と女子が別々になっているのです。男女共学といって、いっしょに勉強するようになったのは、戦争が終わってからのことです。

さくらの花が咲き出すと、校門までの道は花のトンネルのようになります。花の中から空を見上げると、ポッカリ青空が見え、空が高くなってしまったように思えるのです。学校のまわりは、さくらの木でかこまれているので、咲き誇ったさくらは、真綿のように見え、どこの田んぼで働いている母さんたちにも見えるのです。

さくらが咲き出すと、いつも教室の窓の下にいっては、女の子たちは松葉にどんどん花びらをつないで遊んだものでした。おだんごを串にさすように、みんなで競争するのです。花も満開をすぎると、雪のように、校庭一面に散り、風が吹くと、ついこの前まであった吹雪のように、花びらが舞い上がるようにして吹き寄せられて行くのです。

大きなさくらの花が、終わりかけると、八重さくらがまた咲き始めます。色もちょっとこいようで、花びらが重なりあって、おしくらまんじゅうをしているようにも見え、ポテポテと重そうに花びらをいっぱいつけたようすはにぎやかそうに見えます。ちょっと赤い顔をしているように見え、何となく「お祭り」みたいです。お腹いっぱい赤飯を食べたあとみたいな気持ちになるのです。

八重桜の大きな花びらをひと工夫して、首かざりをつくるのもたのしみでした。さくらの花は、つぼみの時は桃色だけど、咲くと白くなり、ひと雨降ると、泣いたように散ってしまうのです。とてもきれいな花なのに、はらはらと散る頃になると、何だかさみしい気持ちになるのです。

長い冬のくらしの後、春の花のさくらが咲くと、教室から飛び出し、花びら遊びをしていると、二階にいる四年生のお姉さんたちが窓から、小さいこどもたちをよく眺めていました。その窓は、さくら雲の上にポカット、あいた窓のように見えるのです。ふうちゃんは一年生のとき、それがとてもうらやましかったのです。

二　四年生の春の花

今年はふうちゃんは四年生、二階の窓辺にもたれて、さくらの花を見ていると「四年生になったんだな」という気持ちがあふれ、今日はごきげんなのです。

北の方を見ると鳥海山といって、東北地方で一番高い二二三〇メートルもある山が、堂々とそびえています。南の方には光るような万年雪をところどころに見せながら、山伏さんのいる月山が見えます。菜の花も黄色にあちこちに咲いてます。その頃は、トラクターなどなくて、牛や馬を使って農作業をしていました。

「ひーくんや、たこちゃんはどうしているかなな」とふうちゃんは窓にもたれて想い出していました。

三年生の時は、ひーくんを学校におんぶして行きました。男の人たちや、若い少年たちはみんな戦争に行って、村の中には元気いっぱいの男の人は誰もいないのです。ふうちゃんの家は農家でしたが、手伝いをたのむにも人がいなく、どうしても母さんが、男の人の分も、女の仕事をしなければならないので、毎日田んぼに行かなければならないのです。

産まれたばかりのひーくんを、家に置いておくことはできないので、三年生のふうちゃんが、おしめと、牛乳をもって、学校に弟をおんぶして出かけるのです。それでも学校は、いちども休みません。学校が好きなのです。兵隊さんが一生懸命戦争をしてるから、年寄りも、こどもも、赤ちゃんも、みんながんばらなければならないといつも言われています。戦争は、年寄りも赤ちゃんもみんなでするんだなと思いました。

赤ちゃんが泣くとみんなが「うるさい」とおこるので、おんぶして廊下に出ます。ガラスが割れても、飛行機などに使う大切な材料だからと、学校にはとりかえるガラスはありません。いたにはふし穴が一つあいているので、板をガラスのかわりに打ちつけるのです。赤ちゃんをおんぶして、廊下からそのふし穴の所にそっと目を近づけて勉強するのです。おしめをとりかえる時は、「くさい、くさい」と言うこどもたちもいるので、教室のすみの方で取りかえるのです。

でも今日は背中が軽いのです。一歳を過ぎたひーくんは、田んぼにゴザを敷いて貰い傘をさしかけて貰ったかごの中で、お姉ちゃんのたこちゃんと遊んでいるのです。

「母さんはどこまでたんぼを打ったかな」と思ったりしました。父さんは、農業会といって、今の農業協同組合と同じような仕事をするところにつとめていました。

農家の人たちは、米一粒でも増産して、戦争にいっている兵隊さんに送らねばならないのです。若い人もいない年寄りたちで、肥料もあまりないのに、米を増産しなければならないのです。供出といって米を出す割り当てが来るので、米のできが悪いと、農家の人でも米を食べることが出来なくなるのです。

農業会につとめる父さんも、勤労奉仕にきている女学生の世話や肥料の世話など、忙しいので、自分の家の田んぼのことはなにもできないのです。牛や馬がいれば、それでも田んぼを耕すのは速いのですが、ふうちゃんの家には牛や馬もいません。

三　そかいのこどもたち

教室では、あふれそうになるほど、みんな遊んでいます。東京や酒田の町から、空しゅうをのがれて、たくさんの人がそかいしてきたからです。

はじめは、机やいすも学校にあるのを使っていましたが、もうまにあわなくなって、二人用の机やいすを三人がけで使うようになりました。

しゃれた服を着、きれいな言葉を話す、そかいのこどもたちはみんな真ん中です。村のこどもたちは、いすの端のほうにお尻をだしながら小さくすわっているのです。

きれいなことばを話す、そかいのこどもたちの側には、いつも三人も四人もおともだちがまとわりついていました。だけどふうちゃんは上手に話すことができず、いつも側で見ていました。村のこどもたちはマントを着ていても、そかいのこどもたちはオーバーを着ているし、ちゃんちゃんこも、村のこどもたちは手縞なのに、そかいのこどもたちはメリンスの花模様のきれいなのを着ている人が多いのです。

東京はもちろんだけど、二里（八キロ）も離れた隣の酒田市にもまだ行ったことのないふうちゃんは、友だちの姿をだまって見ているのが、せいいっぱいでした。でもこの村にも、夜になると時々流れ星のようにキラキラ光りながら、飛行機が飛んできます。「警かいけいほう」のサイレンが鳴ったり、酒田の町が真赤にもえるのが見えたりするので、ひーくんを母さんがおんぶし、ふうちゃんはたこちゃんをおんぶし、妹のよっ子ちゃんの手を握りしめながらポプラの木の陰に隠れるのです。

父さんはすぐ農業会に出かけてしまうのです。月の光の中に飛行機が並んで飛んでいくのを見ると、妹と手をつないでいるのにガタガタふるえて手がはなれそうになってしまうのです。

そんな、けいけんがあるので、東京の方はこわかったろうなと思うから、みんなそかいの子にはやさしいのです。

四　大きくなったら何になる

トントンと先生が階段をあがって見えました。東京からそかいしてきた女先生です。眼鏡がピカリと光っています。みんな静かになります。

「今日は大きくなったら何になるかをみんなに話してもらいます」先生がピシャリとし

た口調で話されました。

「きくこさん」

「大きくなったら、かんごふさんになってりっぱにお国のために死にます」

次は「ひろこさん」「ただこさん」「まさこさん」と机の順ばんに一人一人呼ばれました。

ふうちゃんの番です。ドキドキしました。

「早く大きくなって、百姓になって、母さん助けて働きます」と答えました。先生の目がピカピカと光りました。次の人も次の人もやはりかんごふさんになって死ぬと答えました。

お父さんが戦死しているたみちゃんだけは「女医さんなって戦争に行って兵隊さんを助けてりっぱに死にます」と答えました。

みんなが答え終わったとき、先生が教だんの前に立たれました。

「この組に命を惜しがるこどもが一人いる、そんなこどもに私は勉強を教えたくない。後ろに行って窓を見なさい。顔も見たくない。私はこんなこどもを育てたおぼえはない」とどなりました。

みんないっせいに、ふうちゃんのほうを見ました。みんなのように「かんごふさんになってりっぱに死ぬ」と答えなかったふうちゃんは一人机をはなれて、窓の側に立たされました。ふうちゃんは「大きいあんちゃんは陸軍士官学校、小さいあんちゃんは海軍兵学校に行って今いない。父さんは農業会、母さん助けたいと思って言ったんだけど、だけど……」と、こころの中でそんなことを思うと、涙がポトリポトリと落ちました。

教室では、先生が勉強を始めました。「扇の的」という国語の時間でした。那須与一が波の上で、馬に乗りながら、扇の的をねらうようすをみんなで朗読しています。だけどふうちゃんは黒板を見ることも出来ないのです。先生の声も、友だちの声も背中をつたって聞こえてくるのです。

泣きつかれて、ぼんやり窓の外を見ていると、教室の窓の所まで伸びてきていたさくらの木の花びらが、一つ二つひらひらと散っていきました。にぎりこぶしで涙をふきながら、ふうちゃんは、「さくらの木も泣いている」

そんなふうに、思えてきたのです。そして空までとどきそうな、さくらの木がふうちゃんのこころをわかってくれたような気がしてきたのです。

五　戦い終わって

それから四ヶ月ほどすぎた八月十五日、戦争は終わりました。あつい日でした。隣組長の人が全員、ラジオのある家に集まって話を聞くように言ってきました。大人もこどももみんなラジオのある家に集まりました。君が代の歌が聞こえてきて波の音のようなザーザーする音の中に「耐えがたきを耐え忍びがたきを忍び」の言葉や「ポツダム宣言」「ギョメイギョジ」とか「朕」はなどのことばが聞きとれました。四年生のふうちゃんにはなんのことかわかりませんでした。

「戦争が終わったんだ」といいました。しかし信じられない気持ちでした。「今晩から明るくして寝てもいいんだ」と言われて始めて戦争が終わったんだと思いました。「でもヒョットして、だまくらかしてみんな灯りをつけた所をねらって、飛行機が飛んできてやられるかも知れない」と村の人は言いました。ふうちゃんも「やっぱりそうかも知れない」と思いました。二晩ぐらいは、暗いままにして眠りました。八月十五日をがすぎたらやはり飛行機は飛んできませんでした。三日目の夜、黒いカーテンを張らないで電気を消してみんなで眠ってみました。

窓から、キラキラと星が輝いていました。空いっぱいの星を見上げた時、ずいぶん前から、ゆっくり星など見上げたことなどなかった気がして、星の中から楽しい事が湧いて来気がしてきたのです。そんな想いで星を見上げると「やはり戦争は終わったんだ」と思いました。「あんちゃんたちが帰ってくる」それを思うと待ち遠しい気がして「警かいけいほう」のサイレンにすぐ飛び起きられるように着替えもせずに寝ていた何ヶ月ものあいだが、うそのように思えてきました。「あんちゃんたちが帰ってくる」足をバタバタさせながら、星を見ながら、ゆったりした気持ちで、久しぶりにぐっすりねむりました。

六　新しい学校

夏休みも終わり、学校に出かけると「そかいの女先生」がひっそりと教室に入ってきました。めがねの中から大きい目玉がギョロギョロ光っていたのに、目の玉が見えないほど、下ばかり向いています。おじぎをしても下ばかりむいていて、まつげしか見えません。こんな先生を見たのは、初めてです。さっきにぎやかにさわいでいたから、今日はよほどきつく叱られるかと思うと、ふうちゃんたちも黙って下をむいてしまいました。

しばらくすると「今まで私が教えたことは、みんなうそです」と先生が話されました。よほど大きな声で叱られるかと思っていたこどもたちは、何のことかよくわかりません。教科書を出させて、日の丸の旗のかいてる絵や、戦争に関係あることは、切り取るか破りすてるか、墨で塗るしごとがはじまりました。那須与一の話も日本の歴史のことだからと破りすてるように言われました。

戦争中、教育の柱とされていた「きょういくちょくご」も半分ぐらいは毎日暗記していたのに、絶対に声を出して読んだり、思いだしてもいけないと言われました。毎日毎日、墨で教科書を消すしごとをしながら、「戦争は負けたんだ」と思いました。

習字も日本の文化だから、こんごは学校ではやらない。剣道の道具もなぎなた（女子の武道）もみんな燃やしてしまうと言ってとりはずされてしまいました。今まで貼り出されていたポスターも、絵もみんなはぎとられ、節穴の見える板だけになりました。学校の中はがらんどうになりました。

七　アメリカの兵隊さん

「アメリカの兵隊さんが来るから、学校をきれいにしなければならない」と校長先生が話され、本もなくなったふうちゃんたちは、毎日毎日床が光るまでふきあげました。便所などは、衛生的でなければと、外からもみがきました。何日か過ぎ、秋めいた風の感じられる頃、ジープが校庭に乗り込んで来ました。

数人の兵隊さんたちが、あみあげの軍靴のまま、教室や廊下をドンドン歩きはじめました。何日か、かかってみがきあげた床をドンドン土足で歩く姿を見て、わんぱくどもの声にあふれる田舎の学校でも、誰も声を出す人はいませんでした。

校長先生がみんなを集めて「今日は村のあちこちをアメリカの兵隊さんが見て回るから道路の端っこを歩いて家に帰るように、家に帰っても道路に出ないで庭の中で遊ぶように」と話されました。

並んでひっそりと帰る途中「アメリカの兵隊さんに何かきかれたら、アイドントノウーと言えばいいんだって」とヒソヒソ教えてくれる人がいました。それが何を意味するのかも知らないで、みんなで紙に書いて覚え合いました。

八　民主主義のあけぼの

ふみしめるような、足どりで階段をあがって来た女先生が、静かにはっきり前を見て「こんどは、日本は民主主義の国になります。思ったり、考えたりしたことを、話し合いで決める国になりました」と話されました。

「民主主義」はじめて聞いたことばでした。国が生まれ変わるというのは、朝日がのぼるようなものなのかな。新しい日が来るんだなと思うと、希望が湧いてくる気がして「大人になれるんだ、おばあちゃんになるまで生きていられるんだ、自分がほんとうに考えたり感じたりすることを言ってもいいんだ」と思うと不思議な気持になりました。

東北の秋はかけ足でやってくる、大きなさくらの木の葉は、赤や黄やだいだい色に色づき、ハラハラと散った落ち葉は、カサコソと風に吹かれて、校庭いっぱいに敷きつめられています。


あれから三十八年もすぎ、ふうちゃんは九州に住むようになりました。四年生の娘の愛ちゃんも元気です。日本が民主主義の道を、どのように歩いてきたのか、あのらんまんと咲くさくらの木は見つづけているのです。

さくらの花びらが、日本の国の姿を見て、舞うように散っているのか、涙を流すようにはらはらと散っているのでしょうか。

いつか里帰りした時、私はさくらの木たちと話しあってみたいと思っています。

戦争体験を聴く

おばあちゃんになるまで生きていいんだ

＊福岡市にある「工房陶友」で２０１６年1月16日に行った講演記録をもとに要約、加筆修正し、見出しをつけたものです。

（語り部：武藤富美さん）

（司会）それでは、武藤富美さんです。今日はよろしくお願いします。じゃあ早速お話を始めていただければと思います。お願いします。

はじめに

こんにちは、私が今日話すことはですね、「思うことは話すことよりたやすく、話す事は書く事よりたやすく、最も難しいのはそれを行うことである」、これは福沢諭吉がですね、朝ドラの「あさがきた」に出てきますけど、言った言葉です。私達は、どう思うかじゃなくて、どう自分が生きてきたかということでいのちを繋いでいくことなんじゃないかと思って、私はこういっぱい伝えたいこと、言いたいことを、筆でかいて短冊にして資料として持って来たので貼りながら話します。いろんな話を全部自分の体験を通したことからですね、話しています。私は、山形県で生まれて育ちました。それから青森の弘前の大学出て、青森で10年ほど教員をして、九州に来たんですね。その時に、「なんで」とこども達からも聞かれるんですけども、なんで青森から九州まで来たのって言いますよね。それはやっぱり家庭をつくる結婚ということで来たんですね。

胎動は赤ちゃんからの初めての電話

家庭科の教員だったんですけど、家庭を作るっていうのは、まあ、亭主と二人だけじゃなくて、こどもを育てようという夢があったんですね。だけども、なかなかこどもって、今の人はいろいろな体験とか実践がありますけども、こどもは、すぐできるもんだと思ってたら、出来ないんですね。びっくりしました。それで生徒や学生に、学校では教えていたわけですよ。「つわりはね、こういうふうにして、何ヵ月にあります」とかね。だけど、自分がね「わあ、妊娠ってすぐしないんだって」思ってびっくりしたんですね。

そうして暮らしてる時に、次の年になったら、ちょうどね、こどもが出来ないから、庭中にこう、花をいっぱい植えてたんです、コスモスの花が、もう、郵便屋さんが入られないほど。

そして、「ぼう」としてたら、胎動をね、感じたんですね。「ええっ?」「胎動ってこんなものなんだ」初めてこどもが私の体の中に宿って、「胎動っていうのは、試験に出します、5ヶ月であります」とか言ってたんだけど、それが知識ですね、分かったのは自分が体験して、「はっ」これは胎動っていうのは、「赤ちゃんから電話が来たんだ」と、電話が来た日をただ黙って、朝飯を食べるわけいかんなあと思って、コスモスを「ばあっ」と採ってきて、ちゃぶ台の上にぐるっとね、飾って、ご飯を食べようとした。そしたら、男の人はまだわからないのね、実感がね。もう私は電話（初めての胎動）貰ってるのに、花を見て夫は「なんじゃこりゃ、ああ、邪魔くさいな、飯食いにくいなって、花どかせ、どかせって」私は、もう少しね、「赤ちゃんから胎動の電話来たみたいよ」って事をね、もっといい雰囲気の時に言おうかどうしようかと、まだ言ってないわけですよ。それで分からないんですね。そして、その時に私は、「はあ」この赤ちゃんがどういうふうにして生まれてくるだろうか、一番最初に食べる食べ物は何だろうかと、こう思ったわけです。

女のからだは赤ちゃんのたべもの

今までもご飯は食べてたんだけれども、私のこんぐらいの小さい、何グラムかの、卵がですね、3キロもの赤ちゃんになって生まれ出てくるまでに食べる物は、何かって言ったらお母さんの身体なんですね。学生に聞くとね、いや、ミルクとかね色々言うんですけど、お乳とか、お乳の前にお母さんの身体を食べて、3キロになって生まれてくる。そうやって考えて見ると全部、自分の身体を通してね、こどもを育てて産んで、これはその日の家計簿に私が書いたのを、50年も前のことですが忘れられません。

初めての胎動ありし朝なればコスモス活けて朝餉につきぬ＊

そうして、この私は今まで何げなく、ご飯を食べてたんだけども、分かる事ね、本当に。なんで食べるのかって事がやっと分かる。なんで生きていかなきゃいかんってのが分かったんね。私は子育ての基本として、やっぱりこれだと思ったんですね。

こどもは母の胎内と家庭の食卓で育てられる

自分がなすべき事は、だからまずは赤ちゃんに食べられてもいい身体にしなきゃいけないし、赤ちゃんが食べていい食べ物を食べなきゃいかん。そうすれば、自分がどう生きなければならないかっていう事がまだね。生まれて来もしないこどもが私に問いかけてきたわけです。まだ私の身体に宿ってるのに、それでもね、「動いた」っていうのは、お母さん方わかりますけど、あの今、「動いて、お父さんが来たから、動いて」って言っても動かないですよね。私がお風呂入ったり、ちょっとこう気持ちのいい時、「ピクッ」と動くんです。生まれて来もしないのにね。自分の気持ちのいい時、動くんですから。生まれて来たこどもがね、親の思うようになんか、動くはずがないんですね。そういうことをね、まだ生まれて来ないこどもから私は学びました。やっぱり、そうして食べ物をね、こんなふうにして、こどもを育てて産んできたこども達が本当にちゃんと育つのには、どういう事なんだろうか、そこから子育てとなります。

家庭料理は過程料理である

私は家庭料理ってのはね、家庭料理はただ、出来た物じゃない、プロセスが見える。今、おいしい物いくらでも売ってます。買う事ができます。だけども、その過程が見えない。じゃがいもむいて、大根、今が旬だから、大根煮て、大根の匂いするとかね、ご飯を炊くとかそのプロセスが見えないと、本当の感謝や感動が伝わらないですね。だから、そういう事を通して、やっぱりいろんな事を、こども達にしながら育てないかんなあと思って、私は育ててきました。だから、全部自分でいろんな事をしたんですね。

家庭とは、愛と労働を学ぶ学校である。努力は足し算・協力はかけ算

私は家庭は愛と労働を学ぶ学校であり、親は教師なんだというふうに思いながら暮らしてきました。いろんな努力は足し算だけども、協力は掛け算、自分一人でいくら努力しても努力は足していくことだけど、協力し合うと掛け算のように広がっていく。だから、いろんな事を通して、こども達あるいは、いろんな人とですね、やっぱり協力し合うっていうことがいかに大切かと言うことです。

ほたる飯・かがみ飯・ふり飯

これは、私がお料理する中でね、本当にほたるめしとか、かがみめし、ふりめしの時代があった、わかりますか。食べた事ありますか、ほたるめしっていうのはね、菜っ葉の中にほたるぐらいしか米粒が入ってなかった。かがみめしって言ったらこうやって見たら、顔が（茶碗の中に自分の顔が）映るくらいのお粥の事です。もう何十年、百年も前、そんな前の事じゃないんです。だけど、みんなかがみめしも、ほたるめしもまだいがったの（よかったねぇ）ね、やっぱ一番辛かったのはふりめしじゃった。

「ふりめし」っていうのはどんな飯かというと、サザエさんのふりかけとか、ふりかけかけて食べる、食べさせるものじゃないんですね。食べたふりしてね、「母さんがさっき、食べたきゃ、あんた方食べなさい」「母さんお腹今いっぱいだから食べなさい」って言って、こども達に食べさせて育ててきた。それはほんの百年とかじゃない、本当に、そういう時代がすぐ目の前にあったんです。そういう時代を通して、私たちは私たちの命を繋いで来たんですね。

一夜妻

あっという間に、私は今80歳です。昭和10年生まれです。

あの頃はね、「一夜妻」とか「戦争花嫁」の言葉があったんですよ。私は農村に暮らしていたので、青年が戦争に行くと、働き手がいなくなるし、戦争に連れて行かれそうになると、もうみんな親戚中で嫁さん探すわけですよ。息子がいなくなっても、田んぼせないかんから、迎えられた花嫁さんを「一夜妻」とか言ってた。行くかもと思っていても、ひょっとしたらこどもが生まれるかもしれないし、働き手も欲しいし、結婚生活もさせたかった、親の思いもあったのかもね。嫁さん貰うわけですよね。そしてね、その時はね、袂のある着物などは着てはいかんのですよ。ただこうなんていうか割烹着みたいな、国民服みたいな上着にもんぺ（ズボン）を履いてね。大抵おばさんとかから連れられて「あの人一夜妻だって」とか、こどもだから意味がわからないんですよ。

耳だけ知ってるわけですね。それで来て、なんの袂着物も着ないで私はこどもでしたけど、90代の人はそういう体験もしてるんですね。こうふうな話を話す人がだんだん居なくなったっていうんだなあっという事をね。そうすると自分が何を伝えていけばいいのかって事ね。

本当に好きとか嫌いじゃなくて嫁に行かなければならない。いきかたももんぺ（ズボン）を履いてね。

黙ってはいられない（註1）

それがね、あの頃の教育の歴史は、今ここに私が千田夏光《せんだかこう》さんの資料に、書いてるでしょ。ここにね私が体験した事が書いてあったんですよ。ずっと昔の新聞ですけどね。「黙ってはいられない」っていうことの中でね、これはですね、「日本の歴史を考える上で教育を物差しにするとよくわかります。私は明治22年が戦前の皇国史観教育、軍国主義教育のスタートだと思います。それにいろんな事がね、やっとそこで40年過ぎるとね、やっぱり、最初は誰でも死んでいいというふうにならなかったんですけれども、40年も過ぎると、天皇のために戦って死ぬっというね、こどもが育っていくんですね。軍人勅語《ぐんじんちょくご》で、人間は20歳過ぎると頭が固くなりますから、こどもの時からそういうことを叩き込む、それが始まりだという事を書いてある。」「ははあ」前からそうなんだあ、私が学校に入った時はですね、やっぱりこれがちゃんと生きてたんです。学校に行くとですね、小学校っていうのは昔、国民学校って言いましたけど、奉安殿ってのがありましてね、そこにおじぎをしましてね、そして学校に入るわけです。教室に入るところ二重橋（皇居の）のね、写真が飾ってあってこうおじぎをして、そこから入って行くんですね。それでやはりそのことを通してですね、その時に私は国民学校の4年生の時にね、戦争が終わったんですけれども、学校ではね、みんな私もやはりそういうふうに育ったんですね。それが当たり前で。いつもですね、先生とね、学校から駅まででですね、小さい日の丸の旗を作って、戦争に征く人を、兵隊さんを送っていくのが私たちの仕事だったんです。そうすると校長先生がね、駅の前に立って「お前たちは、この駅に生きて帰ってくるな！」ってね。「国のためにね、英霊となって帰ってこい！」って。「生きて帰って、この汽車に乗って帰ってきたらいかん！」って言うわけ。1、2年だから意味がわからないんですけど、校長先生の足が、もう震えるのがね、それだけは分かるわけ。

「わぁっ頑張って」とかって毎日旗振るのが私たちの仕事だったんですね。1年生。もう、そういうもんだと思ってるから私もね。

戦時中の私の絵日記

国民学校のね、うーんと……1年2年の時、絵日記というのがあったんですよ、宿題にね。

そうするとね、一番最初にですね、私もですね。やっぱりこどもでもね、迎合するんですね。朝起きて宮城礼拝（皇居の方向を向いてお辞儀をする）をしましたって書くわけ。今日なになにちゃんと縄跳びしましたとかね。だけど、そこのところ（宮城の文字）に花丸つくわけですよ。そうすっと、それを書いたら必ず後ろに貼りだされるわけ。

それ嬉しいんですね、やっぱり、毎日ね、一回もしたことないのにね、「朝起きて宮城礼拝をしました」って書いてから、今日だれだれちゃんと遊びました。とか楽しかったとか書くわけ。

教育っていうのはすごいですね、1年生でも2年生でもね。

それを書いて、絵を書いて、そうしないとやっぱ生きていけないですね。そういうふうに向きがこうなっていってたんですね。

そしたら、国民学校の4年生の時にですね。私たちの頃はね、みんなで男女別学なんですね、私たちの学年だけがね、1年生から共学だったの。なんで共学なのか、上も下もみんな別学なんですね、わからなかったんです、ずっと大きくなるまで。

そしたらね、昭和9年ていうのはね、凶作の年で、子供がばたばた死んで男女別学にするには、こどもの数が足りなかった。だから10年生まれのこどもだけは、男女を一緒にしないと組できなかったのではないかと思う。何かがあった時に一番小さいこども達に現れるわけですね。疎開の人が多くなり四年の時、女組になりました。

桜の木の泣いた日（註2）

私が国民学校4年生の時にですね、先生がですね、必ずですね、「大きくなったら何になりますか？」って聞くわけです。そうするとね、もう、こどもはね、やっぱりちゃんと先生が求める答えを言う、迎合するね。4年生でもね。

そしたら、みんなですね、男の子は「兵隊さんになって立派に死にます！」と。私達女の子はね、みんなね、4年生の女の子たちがね「早くね、大きくなって、看護婦さんになってね、お国のために死にます！」って言うわけ。

そしたら、先生に、ずうっと全部、言わせられるんですね。言うてるわけです。私の所に来たん。私はね、なんの大した深い考えがあったわけではないんだけど、私は19年生まれの弟をね、国民学校3年の時はずうっと学校におんぶして行ってたんですよ。

その日は、4年生の時は、田んぼがちょうどね、ちょうど天気が良くて、母が農家だからね、「田んぼに赤ちゃん連れて行くから、おんぶしないで学校に行っていいよ。」って言われて行ったんですよ。だから、こう言ったんですね。「大きくなったらなんになるか」って聞かれた時に「早く大きくなって、母さん助けて百姓になります。」

そしたら先生がね、目がピカピカピカーッて光ってですね、「この組にね、命を惜しむこどもを一人つくってしまった。そういうこどもには勉強は教えられない。黒板のほうを見ないでください。あなたは窓の方を見なさい。」

一番後にね、立たせられて黒板見られないんですよ。こう、窓の外の方を見るように立たせられて、でも、生きたいというこどもをつくったって事がわかると、先生が校長とかいろんな人からやっつけられるわけですよね。だから、私が何げなく「早く母さん助けて百姓になります。」って言ったのが、やっぱりものすごく重大な事です。生きるっていう事のね。言ってしまって、なんで怒られるかわからないけど、こうやって窓の外向いてね、ちょうどその時はですね、「扇の的」という那須与一の国語の本だったんです。

昔の国語はですね、みんなで声を出して読むんです。一緒に「那須与一は波の上を馬に乗って扇の的を」って「はい」ってみんなで読むわけですよね。

そしたら、私が「教科書を持ったりですね」「黒板のほうを向いたらいかん」って言われているから、窓のほうをこう向いてね、こう見てたけど、やっぱなんか悲しくなってね、こうやって泣いてたんですよ。

そして、「はあ」と外を見たらですね、ちょうど桜の花が散る頃で、東北は桜が遅いから、桜の花びらが〝ぴらぴらぴらぴらぴらー っ〟とこう散っていく。それ見て、はあ、桜の木だば泣いてくれたって、おいと（私と）同じにな、泣いてくれるんだと思ってね、今でも覚えてます。だから生きるという事をね、生きたいという事をね、駄目なんだということをね、それがね、こどもの時に驚いて、いやまー、ものすごく戦争とかそのことわからなくてもね、悲しかったですよ。ものすごく。

戦い終わって

そして、その後、終戦になったんですね。8月15日だったから、夏休みだったんですよ。みんなでその玉音放送を聴くっていって、ラジオを持ってる隣の家に、集まらせられて聞いたんですけど、ザーザーザーと波のような音がしてよく意味がわからないんですよ。私、こどもは〝朕《ちん》は〟とか〝御名御璽《ぎょめいぎょじ》（天皇の名前と天皇の公印）〟とかね、なんとかそういうのを聴いてても意味がわからない。そしたら大人達が「戦争負けたんだって、終わったんだって」そしたらその頃はカーテンを、全部こうして閉めて暗くして、電気にもこうして、光が漏れないようにして暮らしてたんですよね。それで着物も、いつ空襲があるかわからないから寝巻きやら着らんで、ぱっとなんていうんですか、いつでも飛び出せるように、そういうふうにして寝てたんですね。そしたら、その時に、やっぱりね、そう言われてですね、ひょっとしてね。「みんな戦争終わったからって、電気点けたら、だまくらかして、夜来てみんなやっつけられるんじゃないか」言うんで、今日もやっぱり電気は点けないで暗くして寝ようってみんなで話し合ってですね。電気点けなかったんですよ。暗くしたまんま。それでね、二日ぐらい過ぎてもやっぱり飛行機は来なかった。来なかったからやっぱり負けたんだなあと思ったんですね。そしたらこうパーッとね、カーテンを開けて、あの頃は蚊がいっぱいいたからですね、蚊帳吊って寝てたんですね、そしたら、カーテン開けて、蚊帳の中からこうやって、星を見た。星を見るのは久しぶりで、カーテンして星やら見られないですから、星見たらぴかぴか光ってるのね。ああ、私はその時一番ね、嬉しかったのは家の長兄が陸軍士官学校に行って、次兄が海軍兵学校に行ってたんですね。だから、「ああ、あんちゃんが帰ってくるっ」と思ってね、蚊帳の中で足をばたばたさせたのを覚えております。生きて帰って来るんだあーという事ですね、そんなふうにこどもの中にそういう生きるっていう事が閉ざされる事ね、それはやっぱり「生きていいんだ」という意味が湧いてきたのね。

戦後の学校始まる

そしてそのあと、学校に行ったらですね、教科書の戦争に関する部分を毎日墨で塗るんですね、あのう、先生が階段を上がって来て教室に入りましてね。「今まで教えた事はみんな間違ってた、嘘だったから。覚えた事は忘れなさい」って言われて、私もね、教育勅語っていうのがあったんですよ。「朕惟フニ我カ皇祖皇宗国ヲ……」それをね、その終戦の15日迄には暗記した人は丸付けられてね、褒められて。私は半分まで暗記してた時にね、いい子だったわけですよ。ところがね、覚えた事を思い出したらいかんって言われてね、それはもちろんなくなった。

学校はね、薙刀《なぎなた》とか武道の武具とか、それからね、戦争中はね、こういうね、世界地図描いてね、「サイパン陥落万歳」とか、棒に日の丸の旗付けて、いろんな所に貼っていくわけですよ。そういう事してたのに、そういうのは、それも嘘だったんですね。まあ、「陥落万歳」って言ってたけど本当は、駄目だったんですね。それを知らずに。一生懸命旗振ってつけた。「こっちも日本になった、こっちも日本になったって、大きくなった」。

それをね、教育って恐ろしいですね、それをしてたわけです。そんなことをして、そしたら、戦争が終わってね、そしたら今度、全部嘘です、忘れなさいと、「はあ、忘れなさいと言われてもね」

民主主義のあけぼの

その後ですね、民主主義っていうのがね、今度は民主主義の国になりますって言って、「ふわあ」聞いたことがない言葉ですよね。「民主主義ってなんですかあ」て聞いたらね、自分が思ったり考えたりした事を言ってもいい国になったって。今でも覚えてますね。「ふわあ、おばあちゃんになるまで生きてね、なんていうの、母さん助けて働きますって、生きるって言っただけで勉強教えられないこどもがね、自分の思ったことを言っていい国になるんだあと思って、うわあ、私おばあちゃんになるまで生きていいんだ」と思って本当に驚きましたね。

新しい憲法生まれる

井上ひさしさんの、子どもに伝える日本国憲法　資料（註3）

井上ひさしさんの、この資料に書いてますね。ここに書いてますね。「昭和20年はですね、日本の男性の平均寿命は23・9歳。戦闘で兵士達が戦って死ぬ、後でわかったことですが、戦死者の3分の2が餓死。戦ってじゃなくて、食べ物が無くて死んだんですね。内地では空襲で焼かれて死ぬ、病気になれば薬がないんで助かる命が助からない。栄養不足の母親を持った幼児たちは、栄養失調で死ぬ。そこで大勢の人が若死したんです。女性の平均寿命も37・5歳。」今ね、年寄りが多くなって困ったとか言われてますけどね、人間が求めてきたことは、元気で長生きする事でしょ。だから80歳になろうがね、それは素晴らしいことなんですよね、本当はね。それをさも迷惑そうにね言われるとはね、本当にもってのほかですね。その中で、そういう事考えるとですね。自分がどういうふうにしたらいいのかって事がわかって。今言った事はこれですね、そこに書いてます。男性の平均寿命は、女性もこれぐらいだ（資料を提示しながら）ということですね。そんなことをしながらですね、私たちは生きて来たわけですね。そうすると今、私が非常にびっくりするのは、私達がこどもの時に、聞いた言葉ですね。そのまま今使われてるんですね。「一億総玉砕」とかですね、一億、言葉がよく使われてたんです。とかいま「一億総活躍」とかですか、本当に昔の言葉（の意味を）知ってんのかなぁと思うんですけど、本当にね同じ様な事をね今、動き出しが非常に同じような事ができてきてるって事ですね。

せんせい　こどもの連絡帳に書いた便り

私はこれをね、今から今息子が48歳ですから、まあ、40年前（当時息子が小学2年生だった時から40年経った今）40年前で教育が成ってくる（成功する）こと書いてるんで（千田夏光さんの資料に書いてある）びっくりした。

これ息子がね、小学校2年の時に先生にね、連絡帳に書いて送ったこと、40年前です。

『せんせい（註4）

学級通信のひまわりの来るのを、
土曜日を楽しみにしてたその日、
こどもは先生が忙しくて、
出来なかったっていって帰ってきた、
あの日、6月26日午後に、
25日に主任制がこの町にも施行されたと
ビラを先生が配ってきてくれたという先生、
戦前の教育を受けた私は知っている。

この流れがどの方向に進むかを
こどもの前で千人針に願いをかけて
みんな元気に帰って来るようにと
幼い私は毎日毎日、赤い糸を引いた。
職場に、戦場に征《ゆ》く、夫《つま》や兄を、
はたまた恋人を元気であれと願いを込めて
女たちは道行く人々呼びかけた。
でも夫や兄や恋人の健康を
祈ることを許されなかった幾年月、
校長先生が出征兵士は
お国のために生きて帰って来るな、
死んで帰って来いと、
連日叫んだ。私は幼かったけれども、
震えつつ励ます校長先生の足を見た。
死ね、死ね、と戦場に旗を振って
教え子を戦場に送りだした停車場、

先生たち、あの時の先生の胸を思う。
再び、その道を歩んではならないのだと思う。
主任制度はその道の架け橋にならないだろうか。
こどもだった私も、今は3児の母。
千人針を引きつつ、日の丸を振った娘も
今は母として、女として、もう黙ってはいられない。
指折り数えつつ、10ヵ月胎内に宿し、
7歳になるのを楽しみに、
「親子ともども待った小学校1年生」
今、その学校が、管理の名のもとに、
こども一人ひとりの幸せの芽を
摘み取られようとしている方向に、
教育の道が進んでいかないように
隊列を組んで戦う先生方は、
戦前の先生方ではない。
私たちたち母も、

息子の戦死や、戦死の報に涙見せずに立ち向かう母ではない。
せんせい
今こそ、先生方との連帯の輪の中に入って、
私に出来ることをしたい。
いや、しなければならない。
この小さな私の力も、先生方の灯の一つに加えていただきたい。
ビラはあれきりだったけども、
せんせい、
戦いはまだまだでしょう。
カンパがいいのか、署名がいいのか、訴えがいいのか。
秋刀魚を鰺にすり替えての、
鰺を鯖にすり替えての、
鯖を目刺しに工夫しての、
ささやかなやりくりの中のカンパだけど
育ちゆくこどもたちのために、立ち上がろうと思う』

これは、小学校の2年生の息子が40年も前ですね。連絡帳に私が先生に宛てて書いた手紙ですね。だけど、もう今はね、そんなことを通り越してね、先生方もそんなことを言えない時代にもう突入してきてるなあっと私は思います。例えば、教科書一つでもね、私が教員してた頃は、自分で本を選べたんです。生徒に教える教科書をね。今は、教育庁とか、委員会とか、癒着とかいろんなものがありますけどね。

そんなことでですね、どんどん、どんどん、世の中が変わってきてるなあってことを思います。

天を焦がす大樹の炎も、小さな添え木から燃え始める

大きい丸太のような大きい木からはね、何ていうの、あのう、火は点かないんですね。火は、かんなくずとか添え木とか小さいものを燃え、燃やして、それが大きい炎になるんで、外堀からいろなものをしながら進んでるんだなあと思います。

大きな変化は、小さな変化を許容する心の中から生まれる

いっせいに来るんじゃなくて、小さい、いろいろな変化を見過ごすと、大きい変化に、炎になるということですね。

戦争は怖いものでない、悪いものです

戦争っていうのはね、怖いものではない。怖いものっていうのは地震とかですけど、怖いものでなくて、悪いものなんですね。悪いものっていうのは、あの、何ていうんですか、人間の力で英知で、阻止することが出来るんだと。そういう方向に進んでいるんだ。

これは朝日新聞に出てたんですね。石井百代さんの短歌

徴兵は命かけても阻むべし祖母・母・おみな牢に満つるとも（註4）

この人は、自分の、こどもをですね、やっぱり戦争に送り出した人として、兄や、おいや従兄弟を戦死させ、やっぱりこれはいかんなあって、その頃何十年も前ですけども。だから自分はね、どう生きたら良いかってことが大きなことだと思います。

さっき私が、命がいろんなことをね、しながら、命が出来るっていう、食べ物から出来ていくって言ったんですけども、やはり、いくら私がね、良いお料理を作ってもですね、やっぱり、戦争っていうものがあったら、その命が失われるんですね。

だから、何がどうっていうよりも、それを考えたらですね、自分がどう生きなければならないかっていうのが、大切です。

今、私は短歌をしてるんですけれども、戦争のことを詠んでる短歌がいっぱいあったのです。こども時代の戦争体験が胸の奥底にあるんですね。

私の短歌をここに挙げますね。

戦争を語る世代に生きし身は老いてこそなほ惨さ伝えむ＊

戦争が終わった時ですね、うちには長兄が帰って来たんですよね。帰ってきてですね、帰ってきたら、ただ、白いご飯をうちは、農家だったからですね、食べ物はどうにかね自分で、贅沢は出来なかったけど、米、味噌あったからですね。だから、あの、ご飯をべ食べさせた。そしたら、長兄がね、はああ、米白い、白いご飯ってね、もうね、ただね、ご飯食べきらんのですよ。あのう、もったいないって言うのね。

復員の息子に食ましける白き飯母の想ひに手をあわせけり＊

それから、私たちは学校でですね、やっぱり、弁当はですね、持っていくと、うちは農家だったから、米だけはあったの、おかずはなくてもね。そしたら、弁当みんなかぼちゃとかご飯もないからですからね、何ていうんですか、持っていったらこう隠してね、自分が白いご飯持っていったらこう隠してね、そんな悪い事をしてないのにね、隠して食べてた記憶があります。

15歳の兄の見送り

私が10歳の時に次兄が、15歳で海軍兵学校に行ったんです。学校で、成績を見て海軍兵学校に行くか、陸軍士官学校行くか聞かれたそうです。校内選抜を経て、学徒動員で授業もなくなり勤労奉仕の日々で、受験生には、朝夕に補習授業してくださり、終列車で帰り、始発で登校してました。江田島の受験には先生が、引率なさり帰路に奈良に立ち寄り学友と鹿の写真がありました。

その頃は入学が難しい学校でした。長兄は、陸軍士官学校に行って国や家族を守るために、志願し受験したわけです。

そしたら、出征する時のように、やっぱりなんにもなかったけど、母がですね。15歳ですね、中学3年だから。そしたら、どっかからこうお酒をね、最後だからやっぱりね、持ってきてこうして飲ませ、みんなに振舞ったんですよ。どぶろく（酒）か何か知らんけど。そしたらね、私が知ってるのはね、次兄がね、村長さんとかみんな来るから、父がね、次兄に挨拶を練習させせてるのね。生きて帰らずとかね、こう、言えって。そして一生懸命暗記させられてるの。私は3年生だから、私は側で聞いてたのね。すると、側で聞いてる私のほうが暗記するんですね。

そしたら、本当にみんな並んだ時にね、次兄がね、言い出したんですよね。そしたらですね、ちょっとこの一口くらいと、酒一口だけ飲み、とか言われて飲んだのか、「生きて帰らず」って言ったら、はあ、まだ15歳だからですね。父から暗記させられてる時は、まだ人事だったけど、みんなが見てる中で言ったら、もう胸がいっぱいになったんじゃないんですか、泣き出したわけ。そしたら、父がもう怒ってね、みんなの前で恥ずかしいってね、生きて帰らずって泣き出して最後まで言えないこどもっていうのは恥ずかしいですよね。

そしたらね、親戚のおじさんが「もういい、しゃべらないでいいぞ」って言うわけ。母を私が、見てたんですね。母の側に居た。母がこう震えてるわけね、「ううっ」と震えて。やっぱり、もう生きて帰らずってことを言うて泣くこどもをね、まだ、何ていうの、送り出さなきゃいけないでしょう。今は85歳です。次兄がね。

そしたらね、私最上川を、最上川の鉄橋を渡る時ね、今になって思えば、あの鉄橋を渡る時、家がもう見えなくなるわけでしょ。ずうっと鉄橋を渡って、こう山形の方に行くの

ね、ほんとにね、

ふるさとの駅を離るる列車にて滂沱の涙（とめどなく流れる涙）今語る兄＊

十歳で十五の兄を見送る日母の涙を我は忘れず＊

あん時は本当に汽車がごおーっていってね。私は、見送って行ったですよ。
そしたら、何かテールランプっていうんですか、列車の赤い最後の灯りが、ずうっと、
鉄橋を渡っていく時にね、私もね、ほんとにね、涙、泣きながら、見送ったですよ。

戦時下に菊の花絵の弁当箱供出せし日の切なき想ひ＊

戦争中のことですがね、弁当箱をですね、飛行機造る材料がないからって、みんなね弁
当箱まで全部供出させられた。釜とかね、もちろんお寺の鐘とかはもちろん全部だけど、
こどもはね、弁当箱まで出させられた。

私は1年生に入った時にね、あのう、菊の花の模様の弁当箱をですね買ってもらったん
です。こどもには、それしかないのでね、供出せないかんわけですよ。そうすっとね、体

育館にね、みんなに弁当箱とか釜とか持ってく。校長先生方は金槌で叩く、みんなね、私のもだたったね、弁当箱さえね、結局出さないと。だから、弁当箱出したら無いから、毎日おにぎりです、持っていくとすればね、そんなだったですね。

戦後すぐ二足の靴の配給にクラスこぞってジャンケンをする＊

戦争終わってからですけどね、靴がね、えー、60人ぐらいか70人居たのに、靴が二足配給になったんですよ。飴色のね、こう、紐も何にもない、飴色の靴。そしたらね、みんなでね、その二足をみんなで分けられないないでしょ。ジャンケンでね、そのう、決めないかん。みんなで必死でね、文数（サイズ）が大きいとか小さいじゃなくて。組に二足配給になった。もう、命がけですよ、その靴が小さいか大きいか関係なくね。校内は裸足だったね。そんなふうにして、やはり戦争はそういうことでした。そしたら、母親っていうのは、

戦後すぐ菜の花を植え油取り子等のいのちを育みし母＊

やっぱりね、すぐにね、菜の花を蒔いてね、菜種から油を取ってこどもたちに食べさせたりしたりね、やっぱり女の人はね、いろいろなことをして、自分の産んだこどもをですね、私の母は育ててくれました。

平和あってこそいのちは守られる

十歳で核の傘なる原爆を目に焼き付けぬ永久に平和を＊

これはね、私は今でも覚えてるね、今、あの山田洋次監督の「母と暮らせば」ってのはありますよね。あの映画すごく良いですね。見ましたか。私はですね、ちょうどその広島の原爆が落とされた日の写真が新聞に出たんですよ。木がこう1本あってね、この地には100年間も木は生えないって書いてあったんですね。

そんなふうにしてね、それをこう今でも目に見える感じですね。だから、そんなことを思うとやはり何ていうんですか、ほんとにこの平和があってこそね、自分のこどもってのは育てられるんだと、いつも思うわけですね。でも、平和っていうのはですね、

平和こそ言わずに続くものでなし変化の兆し許容す勿れ＊

私はなんにも言わないでも止められるんじゃなくて、おかしいということを言える人になって、こども達に伝えていかなければいけないと思うわけです。

夫や子に生きて還れとひと言をいえずに征かせし母は寡黙に＊

こどもを戦争にやったらですね、母は生きて帰れって言われないからですね、やっぱりしゃべらなくなるんですね、母が、「もうあまりが喋らなくなったのは何でかなあ」っていうのは、まだこどもだからよう分からんですね。私が悪いことしたのかなあと思ったんで。だけど、今になって思えばね、まだ15歳とかね、こどもを戦争に送ってやった母はね、やっぱり残った私たちにでも、ニコニコとお話が出来なかったんですね。

戦争の惨さ空腹さ身に滲みて言わずにおれぬ命の限り＊

それで私はやっぱり、こういう戦争の時の話のことをね、話してほしいと、みなさんから言われてですね。話に来たのです。今まで私がね、正直なところね「食べ物のこと」とか「教育のこと」とか、「老後のこと」とかを、ずっとこう話してきてたんですね、何十年も。「戦争の話」っていうのは今日初めてなんですよ。戦争の時の話。だけど、これは私たちが、やっぱり言わなければならないことなんだなあとね。

食べ物こういうふうにしましょうとかね、こどもはこういうふうに教育しましょうとかより先に思っていることなんですね。

戦時中十二色のクレヨンをもったいなくて使いきれずに＊

この時期はね。物がなくなります。（後に戦死した従兄弟が）挨拶に来た時にね、「これからおじさん、戦争に行きますって言いに来た」時にね、クレヨンを持ってきてくれたんですよね。12色のクレヨンだったんです。それはね私はもったいなくてね、使いきらんかったです。こどもにとっては、クレヨンなんてね、もうほんと贅沢品。

教科書さえない。5年生の時は、教科書なかったですね。新聞紙みたいなのが渡って、それを自分で切って糸でこう作るっていう。4年生の時20年は、教科書を全部墨塗りしましたけれども、5年生、21年になったらですね、教科書もない。ないから、新聞紙みたいなのを切って、自分で綴じて、そういうふうな時代だったです。
そうすると、やはり私たちは、本当に何をしなければならないのかなあと思うわけです。そうすると、自分の命とともに、こどもは自分の命だけじゃなくて、社会の変化の中を見据えて、生きていかないかん。

小さな活動から大きな運動が生まれる

私たちはもう何も知らなかったからともう言えないんじゃないかと思うわけです。時間ですね。

ずっと前に「母と女教師の会」全国大会の東京会場で、母親代表として参加し講演で聞いた話ですが、ナチスの、隊列に処刑される人たちが並んでいたら、神父さんの後ろに青年が立っていて、私は何もしなかったのに、何でここに入れられ、殺されなければ、ここに並ばなければならないのかって言ったら、その前の神父さんが、何もしなかったから並ばなければならない。私達は、やっぱり自分が生きてこどもが生きて孫が生きていくためには、しなければならないこと、すべきことを、一日の中でね、探して、少しでも力になっていきたいなあと思います。ありがとうございました。

（司会）ありがとうございます。

引用文献

註1　千田夏光、赤旗『1986年秋に　続・黙ってはいられない』1986年9月7日

註2　武藤富美、慶応義塾大学出版会『教育と医学』平成14年4月号社会人大学院を修了して　p.68−75

註3　井上ひさし、講談社『子どもにつたえる日本国憲法』p.2−3

註4　武藤富美、自費出版『いろり囲んで我母となりても母を偲んで』p.40−42　昭和58年6月

註5　石井百代、朝日新聞『朝日歌壇』1978年9月18日〔1903〜1982年〕1978年75歳でこの短歌を詠む。

註6　＊は武藤富美『あけび』に投稿掲載の短歌より抜粋

おばあちゃんに
なるまで
生きて
いいんだ

あとがき

友人に「あけび歌会」にお誘いを受けた時、気軽に「いいよ」と返事をした。八首投稿と聞いた。十年ほど前恩師を訪ね同窓生とアメリカ・カナダ旅行に行った時、カナダ国内の乗り継ぎの時間に、メモ代わりに空港で短歌を作ったのがあったはずだと探し提出した。私が『あけび』誌に投稿するために短歌を詠み始めたのは、平成十八年十一月号からである。七十一歳になっていた。長兄の看護の旅に古里に帰郷し、飛行機の中で指折り数えつつ詠んだ。次の月には長兄逝くを詠み、私の心情を理解し支えてくれた長兄に一首も読んで貰うことが出来なかったのは残念である。

最初は中村浩理先生に通信添削で指導を受けていたが、まもなくお亡くなりになられた。私は我流で学ぶ事もなく詠み続けた。七十歳を越して上手くなるはずもないだろうから、素直に楽しく詠めばいいのかなと自分流に納得して詠み続けた。

短歌を詠むことは、手鏡を持ち想いを見つめ直すように、自然のおおらかさ、厳しさ、ふるさとへの感謝と懐かしさ、暮らしの中の仕事や地域の営みと繋がり、家族、命の支えと親の苦労や、我が子や孫への想い、平和こそ、十歳で終戦を迎えた人間としての責務や祈り等、溢れるほどの題材があり、知っていたつもりが、分かってきたり、深く理解が出来たり、新しい発見があり楽しく詠み続けている。短歌を詠む事は手鏡で見つめ直し、杖を持ち日々の暮らしを歩む気がする。

時折『あけび』誌に会員の方による私の好きな十首選に選んで戴いたり、選者により作品批評に取り上げてくださったりされる中で、このような歌が人の心に届くのだと思い、精進の種となっている。あけびの会員や選者が私の師である。ありがたいことである。

七十歳を越えて始めたピアノも譜面を読み指動かすのが精一杯、ピンポンもスマッシュを決められれば、手より先に大きい声が出、少林寺の体操などは保育園児の体の柔らかさに絶句だ。一番長い朝散歩も、若者達は風のように早い。それらは目に見えるが、私の短歌の上達はほど遠く、新旧仮名遣いさえ入り交じっているが、そのままにし今後の励みの種とする。とにかく楽しい。七十歳になり八十歳になっても、老いに向かい進化している身でも、こんな楽しみに出会えた事は幸せである。

私が、この楽しみを続けられるのは、福岡歌会の坂下まち子さんと上村陽子さんが車の両輪のように支えて下さるからこそと感謝しています。

そこはかとなく生きているように見える年重ね人にも、語りきれない哀しみや切なさ、弾けるほどの瑞々しい歓びや驚きがあり、折り合いをつけながら生きて居る。それは遠くに住む教え子や友人、家族の支えのあるからこそだと感謝している。会員誌『あけび』への投稿短歌を、生きてきた暮らしの日々の記録の証として纏めました。

序の言葉を「あけび」選者の小笠原嗣朗先生にお願いし寄せて戴き感謝しております。また出版には花伝社の平田勝氏と近藤志乃さんにお力添えを戴き、読み合わせには友人藤加代子さんにお世話になり、家族や友人には短歌に度々登場して貰い多くの人たちのお陰と感謝いたします。

武藤富美（旧姓 石黒）年譜

昭和10年 石黒昌吉、つもゑの農家の次女として山形県酒田市の飛鳥に生まれる
昭和29年 山形県立酒田東高校卒業
昭和32年 東北女子短大生活科卒業
昭和32年 青森明の星学園（中学、高校、短大）に奉職 昭和41年迄
昭和34年 日本女子大通信学部食物科に編入 昭和39年卒業
昭和41年 武藤軍一郎と結婚、一男三女に恵まれる
昭和57年 障害児栗の実共同作業所指導員（非常勤）昭和62年迄
昭和60年 篠栗町たけのこ児童館厚生員（臨時職員）平成9年迄
平成11年 九州大学大学院修士課程（教育学）入学 平成13年修士課程修了
平成15年 福岡女子短大保育学科特任教授平成16年筑紫女学園短大（非常勤）平成18年迄
平成18年 「あけび歌会」入会

社会活動 篠栗町主任児童委員、母子福祉教育員、篠栗町図書審議委員
地域活動 「なずな親子文庫」「粕屋親と子の良い映画を見る会」「あったか料理教室」
講演活動 テーマ「子と共に育つ」「食べることは生きること」

趣味　散歩、ピンポン、料理、書道

自費出版　記録誌『子と共に育つ――親子映画八年の歩み』昭和56年11月

詩集『いろり囲んで――我母となりても母を偲びて』昭和58年6月

入選論文テーマ

1　我が家自慢の食寿メニュウ 武田薬品入選論文 昭和57年6月

自費出版『いろり囲んで』(p.78-84)

2　これからの家庭と職場『九州電力入選論文作品集』昭和58年3月 (p.41-50)

3　児童館は文化の発信地 日本児童文学会数納賞入選論文 平成5年6月

『児童研究』(p.72-79)

4　家庭料理は「心」を育てる 私の正論入選論文 産経新聞 平成19年11月6日

修士論文テーマ

乳幼児を持つ母親の育児不安と地域の子育て支援に関する研究

―公的施設でのネットワーク形成を通して―

九州大学人間環境学研究科　発達・社会システム成人教育専攻課程修士論文

平成13年3月 (p.1-292)

武藤富美（むとう・ふみ）**旧姓 石黒**
昭和 10 年　石黒昌吉、つもゑの農家の次女として山形県酒田市の飛鳥に生まれる
昭和 29 年　山形県立酒田東高校卒業
昭和 32 年　東北女子短大生活科卒業
昭和 32 年　青森明の星学園（中学、高校、短大）に奉職、昭和 41 年迄
昭和 34 年　日本女子大通信学部食物科に編入、昭和 39 年卒業
昭和 41 年　武藤軍一郎と結婚、一男三女に恵まれる
昭和 57 年　障害児栗の実共同作業所指導員（非常勤）昭和 62 年迄
昭和 60 年　篠栗町たけのこ児童館厚生員（臨時職員）平成 9 年迄
平成 11 年　九州大学大学院修士課程入学、平成 13 年修士課程（教育学）修了
平成 15 年　福岡女子短大保育学科特任教授　平成 18 年迄
平成 16 年　筑紫女学園短大幼児教育学科（非常勤）平成 18 年迄
平成 18 年「あけび歌会」入会
記録誌『子と共に育つ――親子映画八年の歩み』、詩集『いろり囲んで――我母となりても母を偲びて』

いのちの種――武藤富美短歌集

2021年12月20日　初版第 1 刷発行

著者 ――武藤富美
発行者 ―平田　勝
発行 ――花伝社
発売 ――共栄書房
〒101-0065　東京都千代田区西神田2-5-11出版輸送ビル2F
電話　03-3263-3813
FAX　03-3239-8272
E-mail　info@kadensha.net
URL　http://www.kadensha.net
振替 ――00140-6-59661
装幀 ――佐々木正見
印刷・製本―中央精版印刷株式会社

ISBN978-4-7634-0991-1 C0092